사탕비

Candy Rain

사탕비

2쇄 발행 2023년 5월 2일

지은이 청예
펴낸이 배선아
편　집 유민우
디자인 이승은
펴낸곳 고즈넉이엔티

출판등록 2017년 3월 13일 제2022-000078호
주　　소 서울특별시 마포구 성지1길 35, 4층
대표전화 02-6269-8166 **팩스** 02-6166-9199
이 메 일 gozknockent@gozknock.com
홈페이지 www.gozknock.com
블 로 그 blog.naver.com/gozknock
페이스북 www.facebook.com/gozknock
인스타그램 www.instagram.com/gozknock

ⓒ 청예, 2023
ISBN 979-11-6316-849-2 03810

표지/내지이미지 Designed by Getty Images Bank, Freepik

잘못된 책은 구입하신 서점에서 교환해 드립니다.
이 책은 저작권법에 따라 보호받는 저작물이므로 무단 전재와 복제를 금합니다.
이 책의 전부 또는 일부 내용을 재사용하려면 사전에 저작권자와 본사의
서면 동의를 받아야 합니다.

사탕비

Candy Rain

청예 장편소설

차례

사각사각사각.

연필 소리는 나의 유일한 위안이다.

숨어 지내는 게 힘들 때마다 일기를 쓴다.

그들이 싫다.

나를 만들어놓고, 나를 죽음으로 내몰고,

그런데 내가 달아나는 것까지 허용하지 않는

그들이란 존재가 끔찍하게 싫다.

사각사각.

하늘에서 쏟아지는 불꽃놀이에

그들이 다 타버리길 바라고 또 바랐다.

그들은 나를 쫓고 있다.

지금 잡히면 어떻게 될지 장담할 수가 없어.

나는 아직⋯⋯.

사각.

⋯⋯살고 싶어.

첫 번째 투표,
청백성

앞으로 할 이야기는 결코 추리가 아니다.

뻐꾸기는 참 얄미운 새다. 직접 둥지를 만들지 않고 다른 새의 둥지에 몰래 알을 낳는다. 사람들은 이 행위에 '탁란'이라는 거창한 명칭을 붙였는데, 그냥 '주거침입' 아닌가? 더군다나 어미만큼 새끼 뻐꾸기들도 간악하여, 남의 집에 엉덩이를 내리깐 주제에 원래 있던 먹이까지 빼앗는다. 즉 주거침입 후에 약탈까지 일삼으며 성장을 독식한다. 새끼 뻐꾸기의 살고자 하는 본능은 끈질긴 편이라 결국 다른 새의 새끼들을 둥지 밖으로 밀어낸다. 바닥으로 추락한 집주인들은 심플한 결과를 맞이한다.

오직 죽음뿐이다.

바보 같은 어미 새가 한 번이라도 제 새끼가 맞는지 제대로 보았다면 뻐꾸기들에게 속지는 않았을 텐데.

하지만 너무 치사하잖아. 강한 자만이 살아남는 게 자연이라면 난 기꺼이 인공의 편이 될래. 왜 죄 없는 약한 존재들이 죽어야 하지? 막말로 말이야, 그 어미 뻐꾸기 녀석, 탁란을 했으면 최소한 먹이라도 잔뜩 놓고 가야 하는 거 아닐까. 대체 무슨 심보일까. 가끔 삶이란 생각 이상으로 불합리하고 또 부도덕할 때가 있다. 근데 이 얘기, 누구랑 나눴더라? 기억이 나지 않는다.

애석하게도 인간 역시 뻐꾸기를 닮았다. 약한 자는 도태된다. 눈앞에 펼쳐진 광경이 새 둥지에서 일어나는 일보다 더 잔인했다.

"2시! 투표 종료."

투표장 중앙의 뻐꾸기시계가 요란스럽게 시간을 알렸다. 나는 얼룩덜룩한 모형 뻐꾸기를 보다가 쓸모없는 생각에 잠식당한 대가로 투표를 하지 못했다. 자동으로 내 몫은 기권 처리가 됐다.

기권이란 '캔디 인간'을 고르지 않겠다는 의미이자 죽을 사람을 누구도 지목하지 않겠다는 뜻이다. 반드시 누군가는 죽어야만 하는 투표에서 혼자 착한 척을 해봤자 좋을 건 없다. 기권은 100퍼센트 불리한 선택이다. 하지만 나는 기권으로 처리된 걸 후회하지 않는다.

난 뻐꾸기들과 달라. 남의 삶을 빼앗지는 않아. 아직 아무런 근거도 찾지 못했는데 캔디 인간을 색출하고 싶지 않아.

앞에 놓인 원탁 위 터치패드를 바라보았다. 'O' 표시가 떠 있다. 나는 살아남았다는 의미였다.

"안 돼. 이, 이러지 마!"

"영감을 살려줘. 차라리 날 죽여. 제발 부탁이야."

"다들 왜 날 지목한 거야? 날 청백성 밖으로 내던지지 마, 이거 놔!"

"영감을 놔주라니까!"

'X' 표시는 이름 모를 갈색 머리칼 영감의 몫이었다. 그는 점잖은 신사 같은 얼굴로 절규를 내질렀다. 그림자처럼 머리부터 발끝까지 검게 차려입은 집행자들이 영감의 양팔을 붙잡았다. 할멈이 집행자들의 바짓가랑이를 잡고 놔달라 애원했으나 집행자들이 체력을 뿜낼 기회만 주는 꼴이었다.

할멈은 자리에 주저앉아 차라리 대신 죽여달라 울부짖었다. 결과는 바뀌지 않았다.

"으아아아아아아아아악!"

성대만큼은 젊고 튼튼했는지 영감은 엘리베이터까지 끌려가는 동안 비명을 멈추지 않았다. 꼭 복도에서 공포영화라도 재생되는 듯이 말이다. 삶이 걸린 생생한 절규는 듣는 것만으로도 고통스러웠다. 귓구멍에 죄의식이 때려 박히는 기분이었다.

누군가는 슬픈 얼굴로 앞을 바라봤으며 또 누군가는 덤덤하게 받아들였다. 또 어떤 이의 얼굴에서는 불쾌한 희열이 보이기도 했다. 할멈은 쌀알 같은 눈물을 흘리며 영감의 마지막 모습을 눈에 박아 넣었다.

비명은 점점 멀어졌다. 영감이 성 밖으로 완전히 추방되고 있음을 의미했다.

"87초 남았어."

원탁의 맞은편에 앉은 포니테일 머리의 여자가 덤덤하게 말하곤, 손목시계를 살폈다. 87초, 얼마 남지 않은 시간이었다. 관리인이 나가라는 명령을 하기 전까지 우리는 투표장을 벗어날 수 없었다. 그녀는 이 투표를 망치는 행위를 절대 용납하지 않았다. 성을 지키고 시스템을 유지하는 일에 무척이나 애를 썼다. 조금이라도 틀어지면, 더욱 커다란 뭔가가 망가진다는 듯이.

분위기를 보아하니…… 영감과 할멈 부부는 금발의 숏컷 머리를 한 여자에게 표를 던졌다. 하지만 그녀의 표가 두 표에 그쳤고 정작 영감은 세 표를 받아버린 탓에 죽음의 바통을 넘기지 못했다. 한마음 한뜻으로 타인을 죽이려는 저 마음이 바로 사랑? 남을 지목해서라도 살아남겠다는 그 의지가 사랑이라면 참으로 초라한 감정이구나.

"이제 곧 쏟아질 거야."

포니테일 머리의 말은 정확한 신호탄이었다. 파노라마 창문 밖 세상이 화려한 색들로 가득 찼다. 하늘에서 비가 쏟아지기 시작했다. 그 비는 둥글고 찬란했다. 공기 중에 흐릿했던 단내가 점점 짙어졌다. 매끈한 구슬 같은 빗방울이 땅으로 곤두박질쳤다.

관리인이 창문 밖을 내다보지 말라 엄포를 놓았기에 우리는 자리에 앉아 부들부들 떨기만 했다. 이윽고 찢어지는 비명과 괴이한 소리가 성 바깥으로부터 희미하게 또 들려왔다. 둔탁한 마찰음은 영감의 살점이 짓눌리고, 찢기고, 뼈가 으스러지는 걸 의미하리라. 잔혹한 소리는 연거푸 반복됐다.

이 투표에서 가장 많은 표를 받은 자가 얻는 보상은 죽음뿐이다. 우리는 누가 **캔디 인간**인지 **진짜 인간**인지 알아보기 위해 처형을 반복한다. 살아있는 동안은 구분이 불가하니 어쩔 수 없이 죽음으로 존재를 증명하는 거다. 얼마 지나지 않아 마침내 모든 소리가 사라졌다. 아름답게 빛나던 하늘도 원래의 단조로움을 되찾았다. 마치 언제 별일이라도 있었냐는 듯이.

하지만 우린 모두 알고 있다. 방금 세상을 부술 듯이 쏟아진 건 무시무시한 우박, 분명 **사탕**이었다.

아름답고 저주스러운 사탕비. 오늘도 한 존재가 사탕비에 맞아 죽었다.

"다 끝났군요."

잠시 후 관리인이 퇴소를 명령했다. 끼긱거리는 소음과 함께 육중한 철문이 열렸다. 가장 먼저 일어난 할멈이 온몸을 후들거리며 문 앞에 섰다. 부축이 절실해 보였으나 기꺼이 지팡이가 돼줄 자는 없었다. 할멈은 남은 자들에게 호소했다.

"다음 투표에선 꼭 복수해야 해."

노인 공경 의식 제로. 아무도 대답하지 않았다. 할멈은 예의범절을 운운할 힘도 없는지 휘청이며 문밖으로 나갔다.

나는 가장 마지막에 문턱을 넘으며 관리인을 노려보았다. 저 여자는 여태껏 수없이 많은 투표를 진행했고, 수없이 많은 사람을 죽였겠지. 할멈이 영감을 지키지 못한 게 아니었다. 또한 영감을 지목한 세 명이 살인을 한 것도 아니었다.

청백성 주민들 속에 숨어 산다는 단 한 구의 휴머노이드, 일명 '캔디 인간'이 무고한 사람을 죽음으로 몰아넣었다. 그자가 인간인 척만 하지 않았더라도 색출하기 위해 이런 투표까지 열 일은 없었어. 비열한 마피아 같으니. 또한 이 시스템을 유지하며 내 앞에서 히죽거리는 저 관리인도 죄인이다. 휴머노이드를 잡아내겠단 명목으로…….

"지목당한 영감의 시체를 확인한 결과, 그도 사람이었다고 하네요."

……오늘도 주민을 죽였으니까.

그러나 투표조원으로 소집된 사람 중 휴머노이드가 반드시 포함돼 있다는 증거는.

"그럼 다음 투표 때 봬요. 시안 양."

아직까진 없었다.

먼저 나간 시온을 얼른 따라잡았다. 그는 같이 투표에 참가한 조원이자 나를 1년 동안 재워준 은인이었다. 물론 내가 1년간 잠들었다가 최근에 깨었다는 사실 역시 시온을 통해 알게 됐다. 1년인지 100년인지 혹은 꼴랑 1개월인지 증명할 근거는 아무것도 없었다. 어찌 됐든 중요한 건, 나는 지금 두 발로 딛고 서 있는 공간에 대해 잘 알지 못하고, 의지할 건 시온밖에 없다는 사실.

시온은 거미줄처럼 하얗고 미끈거리는 머리칼을 가졌다. 백발보다는 은발에 가까웠다. 이름을 부르면 즉각 뒤를 돌아봤는데, 그때마다 찰랑이는 머리칼을 눈에 담는 건 꽤 멋진 일이었다. 눈동자는 짙은 남색으로 빛났다. 원래는 흑갈색이었으나 청백성에 온 이후 푸르스름하게 변했다고 한다.

피부나 모발 혹은 눈동자 색의 변화는 사탕의 부작용 중 하나였다.

"시온, 같이 가."

"뒤따라오고 있는 줄 알았어."

"한참 쫓아왔잖아. 걸음이 왜 이렇게 빨라."

"내 다리가 긴 편이라."

"어, 그래."

나는 시온의 옆구리 사이로 팔꿈치를 얕게 꽂아 넣었다. 방금 전 사람 한 명이 죽었으나 아무렇지 않은 척 장난을 칠 수 있는 이유는 시온이 3일 동안 스파르타식으로 교육해줬기 때문이다. 사람들이 일상처럼 죽으니 너무 놀라지 말라고.

그는 말이 많은 편은 아니었고, 꼭 필요한 것들만 선별하여 알려줬다. 우리의 첫 만남은 이러했다.

긴 시간 동안 잠을 잔 후, 눈을 떴을 때 나는 저항 없이 비명부터 내질렀다. 이유는 세 가지였다. 첫째, 웬 은발 소년이 물컵을 들고 날 빤히 쳐다보고 있어서. 둘째, 누워 있는 공간이 생전 처음 보는 곳이어서. 셋째, 아무것도 기억이 나지 않아서.

"참 오래도 잤어. 너 키 컸겠다."

시온은 들고 있던 물컵을 건네며 날 진정시키고는 차근차근 설명했다.

사탕비는 세계적 핵 실험의 후유증이었다. 제5차 세계대전 직후, 각 나라들은 자신의 힘을 과시하고 잠재적 위협국에 경고하기 위해 연이어 핵 실험을 감행했다. 핵 실험은 국가가 할 수 있는 최악의 공격이자 최강의 방어였다. 정치 운동마냥, 릴레이처럼 이어진 핵 실험에 기후는 가늠이 불가한 방향으로 뒤틀려버렸다. 하늘에서 사탕처럼 알록달록한 우박 폭격이 내리기 시작했고 도시는 황폐화됐다. 사람들은 비에 맞아 죽고, 눌려 죽고, 머리가 패어 죽고, 무너진 건물에 깔려 죽고, 다양하게도 죽었다. 이 악독한 이상기후는 국적을 가리지 않았다. 신은 온 인류에게 골고루 사탕 홍수를 내렸으며 인류는 너나없이 영구적인 디저트 시간을 맞이했다.

그러다 소수의 사람들이 서해 인근에서 유일하게 사탕비가 내리지 않는 특수한 곳을 발견했는데, 매우 좁은 구역이었다. 하지만 좁아터진다고 한들 어쩌겠는가, 산 사람은 살아야 한다. 당국은 제한된 땅 위에 높게 성을 쌓아 생존자를 수용했다. 그게 지금의 청백성이다. 듣기로는 외벽이 온통 이브클랭 블루 컬러로 칠해졌다고 한다. 멀리서 보면 꼭 일직선으로 곧게 선 바다 같다더라. 물론 볼 수 없으니 확인할 길은 없었다.

눈부시게 푸른 사각기둥의 문이 열린 날, 각지의 사람들이 전쟁 통에 피난 오듯 이 시설로 들이닥쳤고 성의 '주민'이 됐다. 비는 그 순간에도 무자비하게 쏟아졌다. 마치 인간을 어떻게든 심판하려는 듯이.

나의 부모 역시 사탕비에 맞아 죽었고, 나는 충격에 기억을 잃고 쓰러져 3일 전까지 수면 상태였다가 기적처럼 깨어났다.

이 세계 너머에 청백성 같은 피난처가 몇 개나 더 있을지, 혹은 아예 없을지는 누구도 확답하지 못할 거다. 사탕비는 주민과 성 밖의 세상을 단절시켰으니까.

아, 잠들어 있는 동안 내 키는 1센티미터도 크지 않았다.

6615호실에 도착하자 시온이 도어록 비밀번호를 눌렀다. 나는 매너 있게 손바닥으로 눈을 가리고 비밀번호를 보지 않는 척했지만 버튼음만 들어도 '＊0615'란 걸 다 알겠다. 얘 생일인가 보네. 단순한 녀석.

"비밀번호 봐도 돼."

"그래도 돼?"

"우린 당분간 이 방에서 같이 살아야 하잖아."

"아직 잘 안 믿겨서. 남녀칠세부동석이란 말도…… 있지 않나."

"누가 보면 조선시대에서 온 줄 알겠어."

"아니, 그래도 조금……."

시온이 쭈뼛거리는 나를 보고서는 한심하다는 표정을 지었다. 뭐야, 얘. 너는 1년 동안 내가 자는 걸 지켜줬다지만 나는 너를 안 지 3일도 안 됐거든?

"나도 같이 있고 싶어서 있는 게 아니니까 오해하지 마."

"안 했어!"

우리는 하얀 문을 열고 방으로 들어갔다. 별도로 배정받은 호실이 없어 당분간은 시온의 방에서 계속 신세를 져야만 했다.

"정말로 할아버지는 죽은 거야?"

"응. 돌아가셨어."

"끔찍하네."

"난 익숙해."

시온이 의자에 앉았다. 나는 벌러덩 눕고 싶은 마음에 침대로 달려갔으나 문득 눈치가 보여 걸터앉는 자세로 만족했다. 잠에서 깬 지 3일밖에 되지 않은 터라 아직은 모든 게 익숙하지 않았다. 병원복 같은 푸른색 상하의 세트도 누가 갈아입혔는지 의문이었다. 설마 쟤가 입힌 건 아니겠지? 그랬다면 끔찍한데. 아무튼, 이 옷에 달린 거라곤 넉넉한 주머니가 전부였다.

원룸은 원래 2인실이었다. 적당한 거리를 두고 분리된 두 개의 침대가 있었고, 한쪽 벽면엔 2인용 일자 책상이 놓여 있었으며 귀퉁이엔 텅 빈 캐비닛도 있었다. 시온은 운 좋게 홀로 이 방을 배정받았고, 마침 자리가 남는 김에 기절해 있던 나를 데려와 돌봐줬다.

"시온, 나 뭐 물어봐도 돼?"

"안 된다고 하면 안 물어볼 거니?"

"아니, 그래도 물어볼 거야."

"그럼 허락을 받지 말고 그냥 물어봐."

"틱틱대기는. 내가 잠든 동안 이런 식으로 투표가 계속됐던 거야?"

"응. 일곱 명씩 한 조가 돼서 꾸준히 이어져왔어. 이번엔 너랑 내가 재수 없게 투표조가 된 거고."

"사람이 죽어나가는 동안 휴머노이드 하나 못 잡았다는 게 말이 돼?"

"녀석은 철두철미하지. 완전히 인간으로 둔갑했거든."

"개 같은 고철 덩어리!"

시온은 내 말에 고개를 끄덕였으나 험한 말에 동조하지는 않았다. 그가 한 손으로 머리칼을 툴툴 털더니 뭔가를 내밀었다.

"얼른 먹어. 그 고철 덩어리보다 먼저 죽기 싫으면."

빨간색 사탕이었다. 살기 위해서 먹어야만 하는 유일한 영양분이었다.

"나 치킨 먹고 싶어. 떡볶이도, 파스타도!"

"그게 무슨 맛이었는지 기억은 나니?"

"아니."

"눈 밑에 상처가 하나 있는데 그건 알고 있니?"

"아니."

"아는 게 없으면 잔말 말고 시키는 대로만 해."

더 이상 토를 달지 않고 사탕 한 알을 입에 넣은 다음 꿀꺽 삼켰다. 달콤한 딸기 향이 목구멍 아래로 사라졌다.

시온의 말에 의하면 바깥엔 모든 생명이 사라졌으며 이 청백성 내부 역시도 식량으로 삼을 만한 생명체는 전무했다. 입에 넣을 것이 없는 세상은 인간에게 지옥이나 마찬가지였다. 인간은 비효율적인 존재라 먹고 마시지 않으면 속절없이 죽으니.

호랑이 굴에서도 정신만 차리면 산다? 사탕비 속에도 머리만 굴리면 산다. 다행히 전 세계 연구자들은 핵 실험으로 탄생한 신종 우박을 치열히 연구했다. 그리고 끔찍한 사실을 하나 발견했다.

"**보라색**도 먹어. 항상 세트로 먹어야 하는 거 알지? 안 그러면 방사능이 축적돼서 죽어."

"자꾸 죽는다는 말 좀 하지 마. 무섭게."

"미안. 내가 좀 냉정한 편이라."

"폼 잡기는."

"이제부턴 알아서 잘 챙겨 먹어. 네가 자는 동안은 내가 늘 먹여줬지만 깨어난 이상 직접 챙겨 먹어야 해."

그 끔찍한 사실은 바로 사탕비를 먹을 수 있다는 것. 아니, 먹어야만 한다는 것.

연구자들은 고도로 발달된 기술을 사용하여 사탕비를 '결정'과 '물'로 분리하는 데 성공했다. 물은 인간이 늘 마시던 수자원과 성분이 동일했고 결정에는 특별한 힘이 있었다.

빨간색은 건강한 생명을 유지하게 했다. 근육을 성장시키고 피로를 해소했으며, 노화를 막고 육체 질병을 치유했다. 신이 내린 불로장생 보석이었다. **주홍색**은 빨간색처럼 만병통치약은 아니었지만 육체 피로를 일정 부분 해소했다. 빨간색이 다이아라면, 주홍색은 큐빅쯤 됐다. 이 차이로 인해 빨간색은 고도의 정제 기술이 필요했고 주홍색은 비교적 얻기 쉬웠다. **노란색**은 숙면을 돕고 **초록색**은 반대로 각성을 일으켰다.

참 아이러니한 일이었다. 하늘에서 융단 폭격처럼 쏟아지는 살인 우박을 잘만 정제해서 섭취하면 영생을 사는 게 가능했다. 밥을 먹지 않아도, 병원에 가지 않아도 건강하게 천수를 누릴 수 있었다. 원한다면 잠들고, 또 그 잠을 떨쳐낼 수도 있었다. 그러므로 청백성 주민들은 캔디 인간으로 지목되지 않고서는 그 누구도 죽지 않았다.

대신 영생에는 조건이 하나 있었다. 사탕비는 엄연히 핵 실험의 결과물이므로 방사능 수치가 높았다. 방사능과 여러 화학 요소가 인류가 알지 못하는 방식으로 뒤섞여 불로장생의 사탕이 된 셈이었다. 그러니 과다하게 섭취하면 방사능이 몸에 누적됐고, 그것만큼은 빨간색으로 막을 수가 없었다.

다른 사탕을 먹을 때마다 중화제인 **보라색**을 한 알씩 먹어야만 했다. 만약 섭취를 게을리한다면, 원하지 않는 최후를 맞이할지도 몰랐다. 물론 보라색 역시 사탕비를 정제해 만든 것이었다. 이 모순은 신이 저지른 얄궂은 장난이었다.

가끔 사람들은 그 장난을 '운명'이라고 불렀다.

그렇다면 캔디 인간은 무엇인가. 그것은 사탕 우박을 채집하는 기기인데, 어째서인지 존재를 숨기고 우리 속에 잠입했다. 녀석을 색출해야만 인명 피해 없이 결정을 가져올 수 있는데 말이다. 육지와 접촉한 사탕비는 매우 빠른 속도로 녹아버리기에 누군가 육지에 닿기 전에 온몸으로 받아 와야만 했다. 투표로 캔디 인간이라 지목된 자는 온몸에 사탕비가 박히며 증명하게 된다. 가련하게 찢겨 죽는 인간인지 혹은 교체가 가능한 몸을 가진 휴머노이드인지.

아무튼 사탕비는 인간을 죽였고, 또 영원히 살게 했다. 가시가 잔뜩 돋아난 장미처럼 사탕비는 아름다운 잔혹함이라는 모순을 품고 있다.

"다음 투표도 무조건 진행되는 거야?"

"응. 불시에 무조건."

"불합리하네."

"살아남기 위해선 최후의 2인이 돼야 해. 두 명이선 투표가 불가하니 자동 종료거든. 다음 조가 편성될 거야."

"아니지, 시온. 살아남는 방법은 그게 아냐."

"그러면?"

"우리 중에 혹시 있을지도 모를 빌어먹을 휴머노이드 자식을 잡아내야지."

"그렇지. 진짜로 이번 조원들 중에 있다면 말이야."

사탕은 나를 영원히 살게 하지만, 투표는 나를 한순간에 죽일 수도 있다. 나는 살아남고 싶어, 성으로 들어오지 못하고 죽은 엄마와 아빠를 대신해 나라도 살아남아 가족의 의지를 이어나가고 싶어. 건강하고 무탈하게 공존하는 것, 그것이 우리 가족이 원했던 인생의 전부였다.

아마도.

날 도와준 시온도 죽지 않았으면 좋겠다. 조원들 중 방을 같이 쓰고 있는 사람은 우리 둘뿐이니, 힘을 합친다면 우리가 최종 생존자가 될지도 모른다. 얼떨결에 룸메이트, 미래에는 최종 생존자? 게임 엔딩처럼 그럴싸했다. 우리의 운명은 이미 정해진 건 아닐까? 일단은 그렇게라도 믿어야 마음이 편했다.

보라색을 어금니로 씹었다. 블루베리 맛이 났다.

"시온, 이렇게 쉬고 있으면 안 돼. 휴머노이드로 의심되는 자가 있는지 조사를 빨리 시작해야 해."

"일단 청백성 구조부터 알려줄게. 아직 모르는 게 많잖아."

"좋아."

"근데 너 있잖아……."

시온이 의자에서 일어나 문고리를 잡고선 잠시 멈췄다. 나를 똑바로 응시하는 중이었다. 나 역시 물러서지 않고 그 눈을 마주 봤다. 남색 눈동자에 실내등이 반사돼 반짝거렸다. 꼭 우주를 바라보는 것 같았다.

그 눈에 내 모습이 어떻게 비칠지 궁금했다. 이 방에는 거울 하나 없으니.

"이름이 뭐야? 3일 동안 말 안 해줬어."

"마시안, 나이는 열여덟 살."

"동갑이라 좋네. 시안아, 지금부터는 모든 것을 직접 보고, 직접 판단하자. 캔디 인간을 색출하는 데 꽤 중요한 포인트거든."

"그 정도는 나도 알아."

시온의 손 위에 내 손을 포개어 문고리를 잡을까 하다가 매너가 아닌 듯해 그가 열 때까지 기다렸다. 열린 문 너머로 우리 둘은 호기롭게 발을 뻗었다. 하늘에 닿을 듯이 높게 쌓인 청백성 밖에선 또다시 사탕비가 쏟아졌다.

청백성은 2층부터 옥상까지 중앙부가 뻥 뚫린 93층짜리 건물인데, 천장이 막혀 있는 건 1층이 유일했다. 사각형 케이크의 중앙을 길쭉하게 파냈다고나 할까. 한 층은 총 네 개의 면으로 돼 있고, 한 면에 열 개의 호실이 있었다. 즉 한 층에 40개 호실이 다닥다닥 붙어 있는 셈이다. 최대한 많은 인원을 수용해야 하고, 그들에게 최소한의 채광과 바람은 공급해야 하니 어쩔 수 없이 고안된 구조였다. 건축가의 미적 감각이 허접했는지 내부 벽과 문은 전부 하얬고 추락을 막아주는 난간은 투박한 쇳덩이었다. 주거 공간이 아니라 병동 같았다.

이런 공간의 외벽이 선명한 푸른색이라는 게 믿기지 않았다. 밖으로 나가지 못하니 외벽을 보는 건 불가능했기에. 시온은 아마 사탕비가 쏟아지고 그 잔해가 건물 벽에 튀었을 테니 푸른 도화지에 그린 액션페인팅 작품처럼 꽤나 알록달록하리라는 추측을 했다.

고층 호실은 그나마 햇살을 받았지만 저층 호실은 난간에 기대 하늘을 올려다볼 수만 있을 뿐, 빛이 충분히 닿지 않았다. 사람들의 표정도 햇살을 닮아가기 때문에 저층으로 내려갈수록 어두워진다더라. 아직 투표조원 이외에 다른 주민을 본 적은 없지만 시온이 그렇다고 했다. 우리의 방은 66층이니 불평할 처지는 아니었다. 나와 시온의 얼굴은 그다지 행복해 보이지도, 심히 불행해 보이지도 않은 정도로 유지됐다.

"앞으로의 조사 일정을 브리핑해보게, 시온 조수."

"내가 왜 네 조수야."

"그냥 친해질 겸 해본 말이야."

"1층부터 93층까지 엘리베이터를 타고 이동할 거야."

"1층에는 뭐가 있어?"

"우리가 드나들 일은 없겠지만 위치 정도는 알아두는 게 좋은 곳들."

우리는 딱 한 대뿐인 엘리베이터 앞에 섰다. 청소도 하지 않고 오래 방치됐는지 입구부터 더러운 오염물이 잔뜩 묻어 있었다. 버튼을 누르자 위층에 있던 엘리베이터가 내려오기 시작했고, 바람과 함께 퀴퀴한 냄새가 훅 끼쳤다.

"사람이 이렇게 많이 사는데 시설은 무슨 폐건물 같아."

"혹시라도 캔디 인간으로 오해받을까 봐 다들 방 밖으로 잘 안 나와."

"왜? 적극적으로 사람임을 어필하고 다녀야 하는 거 아니야?"

"말은 긁어 부스럼이야. 하면 할수록 불리해져."

나는 생각이 달랐다. 지금부터 투표가 종료될 때까지 정체성을 숨기지 않을 거다. 사람의 탈을 쓴 가짜에게 자리를 뺏기지 않겠어. 그리 생각하니 마음에서 비장함이 솟구쳤다.

곧 엘리베이터가 도착해 성큼 들어섰다. 내부 한쪽 벽면에 동그란 버튼이 빼곡했는데, 1층부터 무려 93층까지 모든 숫자가 다 있었다. 무수한 버튼을 보자마자 환공포증이 느껴져 닭살이 쫙 돋았다.

미학적 면모는 엉망이지만 성능은 우수하여 엘리베이터는 매우 빠른 속도로 1층까지 하강했다. 순간 중력을 거스르고 몸속 장기가 솟구치는 기묘한 감각이 느껴졌다. 당연히 기분이 좋지 않았다.

"짜릿해!"

"진심이야?"

"자이로드롭 타는 느낌이잖아."

"이게?"

"그럼."

시온은 심심할 때마다 혼자 엘리베이터를 타고 93층에서 1층까지 한 방에 내려간다는 비밀스러운 취미를 공유해줬다. 남색 눈동자에 오늘 처음으로 생기가 돌았다. 나는 시온의 곁에 바싹 붙어 있다 한 걸음 뒤로 물러났다.

인제 보니 얘는 둘 중 하나인가 보다. 변태 아니면 괴짜. 난둘 다 싫은데.

1층은 다른 층과 달랐다. 천장이 있으며 사람이 사는 일반 호실은 없었다. 정면에는 바깥이 보이는 커다란 유리문이 있었다. 사람들이 살기 위해 몰려들었다는 청백성의 정문이자, 투표 이후 영감이 끌려 나간 문이기도 했다.

나는 불현듯 삶과 죽음이 공존하는 그 문으로 달려갔다. 유리문 너머에 바다가 보였다. 여기는 해안가인 게 틀림없었다.

"안 돼!"

시온이 다급하게 날 불러 세웠다. 아무런 패턴도 없는 유리문이지만 센서가 작동하고 있어 출입은 철저히 통제됐다. 만일의 사태에 대비해 허가 없이 만지는 건 불가능했다.

불가능. 그 말은 이곳에서 불법이라는 말과 같았다.

"사탕비가 언제 또 내릴지 몰라. 잘못했다간 죽을 수도 있어. 그리고 우리가 모르는 새로운 방사능 물질이나 바이러스가 침투할 수도 있지. 청백성은 생존자들을 지키기 위해 존재하는 공간이고 네가 자는 동안 엄격한 질서를 유지해왔어. 사람들은 질서가 깨지는 걸 두려워해."

유리문을 통과해 들어온 채광 덕에 은색 머리칼이 반짝였다. 눈부심 때문에 잠시 시온이 신비롭게 느껴졌다. 마치 거역해선 안 되는 존재처럼.

정말 이상한 녀석이었다. 엘리베이터가 짜릿하다고 말할

때나 청백성의 규칙을 줄줄 욀을 때나 눈빛이 비슷했다. 앞뒤 꽉 막힌 질서를 따르는 일도 너에게는 짜릿한 일인 걸까.

1층에는 청백성을 관리하는 사람들만 출입이 가능한 관리실, 잠겨 있는 공실들 그리고 정보실이 있었다. 그중에서 구체적인 용도를 알 수 있는 장소는 오직 하나뿐이었다. 그건 정보실인데, 사탕비 강수 정보를 정밀하게 예측하는 곳이었다. 물론 그 정보는 주민에게 공유되지 않았다. 시온은 정보실이 주민들과는 인연이 없지만 역할이 모호한 관리실보다야 주민 친화적이라는 유머를 던졌다.

웃음은 나오지 않았다.

"다음엔 바로 93층으로 갈 거야. 2층부터 92층까지는 전부 호실만 있거든. 똑같아서 볼 게 없어."

"단번에 꼭대기까지 가는구나."

"짜릿할 거니까 각오해."

"안 짜릿해!"

우리는 엘리베이터에 다시 올라타 다닥다닥 붙어 있는 버튼의 끝 열에서 숫자 '93'을 찾아 눌렀다. 엘리베이터가 순식간에 상승했다. 하강할 때와는 반대로 오장육부가 복부 바닥에 납작이 내리붙는 감각이었다. 시온이 두 눈을 반짝였다. 용을 타고 승천하는 기분이라며 즐거워했다. 대꾸하고 싶지 않아 들어도 못 들은 척을 했다.

'이해가 안 되는 녀석……'

93층에 도착하니 엘리베이터 옆에 놓인 작은 화분이 보였다. 꽃은 피어 있지 않았고 그저 흙으로만 채워진 것이었다. 엉뚱한 위치에 놓인 화분 하나에 관심을 줄 만한 마음의 여유는 없었다.

93층은 다른 층과 달리 방이 딱 둘뿐이었다. 투표장과 정제실이었다. 우리는 투표장에 또 들어가고 싶지는 않아 고개를 돌려 외면했다. 반대편 정제실의 문에는 알록달록한 알사탕들이 그려져 있었다. 문밖에서부터 증기 기관이 돌아가는 소리가 났다. 시온은 뻔히 적힌 '정제실'이란 글자를 보고도 '마녀실'이라 불렀다. 사탕비를 섭취 가능한 사탕으로 정제하는 공간이자 정제한 사탕을 주민들에게 공급하는 장소였다.

공간을 지키는 이는 20대 후반쯤으로 보이는 여성 '솔라'였다.

"시온, 어서 와!"

문이 열리자 그녀가 두 팔을 벌리고 환하게 웃었다. 밝은 금발의 숏컷 머리를 한 그녀는 우리와 달리 붉은색 옷을 입고 있었다. 심지어 앉아 있는 의자 또한 금붙이 장식이 주렁주렁 달려 있고, 피 칠갑을 한 듯이 붉게 빛났다. 껍데기를 과시하는 새빨간 왕좌였다. 바로 위 천장에서는 하얀 할로겐등이 빛을 내리쏟았다. 노랗고 붉은, 솔라가 가진 상반된 색깔이 제자리를 잃고 잘못 뜬 태양처럼 작위적으로 빛났다. 그녀의 팔 한쪽에는 얼룩덜룩한 상처가 많았다. 그래서 신성하다기보다는 시온의 말대로 마녀처럼 보였다.

시선을 맞추기 위해서 우리는 마녀를 올려다봤다.

"아쉽게도 이번 주 네 몫은 분배가 끝났어."

시온은 고개를 좌우로 젓고선 왕좌에 가까이 다가갔다. 그녀는 우리를 쫓아내지 않고 오히려 즐겁다는 듯이 미소를 지었다.

"분배 때문에 온 게 아니에요. 잠에서 깬 시안이에게 청백성을 소개해주고 있어요."

"마시안! 듣기만 해도 시원한 이름이지. 난 알고 있었어."

"우린 투표에서 죽지 않기 위해 캔디 인간을 찾을 거예요."

"하하하하하하하."

"왜 웃으세요?"

"그냥 둘이서 연애나 하지 그래."

그녀의 뒤로는 사탕을 정제하는 기관들이 하얀 김을 뿜어내며 계속 움직였다. 기계 소음 때문에 가까이 가지 않으면 대화를 듣기 어려웠다. 시온의 옆에 바짝 붙어서 그녀를 함께 올려다봤다. 머리 꼭대기 위 조명 때문에 눈이 따가웠다.

"제 이름을 어떻게 아세요?"

질문을 던지는 동안 어쩔 수 없이 눈살을 찌푸려야만 했다.

"난 관리인의 총애를 받는 정제인이니까 모든 걸 알아. 빛깔이 다른 이 옷만 봐도 내 입지가 느껴지지 않니? 그런 내가 일개 주민들과 함께 투표조원으로 편성된 건 치욕이지만……. 아무튼 내게 말을 건넬 땐 항상 웃으며 말하렴. 그 얼굴은 예의가 아니니까."

솔라가 검지로 내 이마를 툭 치곤, 기분 나빠 하는 표정이 우습다는 듯 깔깔거렸다. 짜증이 날 만큼 힘이 넘치는 웃음이었다. 분명 즐거워하는 목소리임에도 나는 그 기쁨에 전혀 동화되지 않았다. 권력에 도취된 꼴이 못마땅했다.

혹시 이 여자가 휴머노이드일까.

"그래도 특별히 정제인의 권한으로 선물을 하사할게."

"선물이요?"

솔라가 손가락을 까딱거렸다. 시온은 신호를 알아듣고 곧장 두 손을 뻗었다. 순종이 익숙해 보였다. 청백성에도 위계질서가 있다는 점이 마음에 들지 않았다. 다 같이 피난 온 처지구만 이런 때에도 서열을 나누다니 사람들은 참 할 일도 없지.

시온이 받은 건 **민트색** 두 알이었다. 아직 시온에게서 듣지 못한 사탕이었다.

"민트색은 아무나 안 주는 거 알지? 고맙다고 해봐. 그럼 더 줄게."

"전 이 사탕이 가진 효능을 모르는데요."

"됐고, 고맙다고 해봐. 어서."

시온과 달리 내가 손을 뻗지 않자 솔라가 직접 왕좌에서 팔을 뻗어 내 손바닥을 낚아채더니 억지로 펼치게 했다. 멋대로 움직임을 조종하려는 것이 마음에 들지 않았다. 그녀가 손에 쥐여준 것은 '마시안-6615'라고 새겨진 작은 이름표였다.

솔라는 만족스러운 미소를 짓다 여전히 고개가 빳빳한 나를 빤히 바라봤다. 어쩌라고요, 마음 같아서는 반항하고 싶었으나 왠지 그래선 안 된단 생각이 들었기에 적당히 고개를 숙였다. 그제야 그녀가 눈꼬리를 그믐달같이 휘며 기뻐했다. '정제인'이라는 직위에 자부심이 상당한 여자였다. 나는 떨떠름한 표정을 지으며 시온과 함께 밖으로 나갔다.

마지막으로 갈 곳은 93층에서 이어지는 옥상인데, 엘리베이터로는 갈 수 없는 장소였다. 시온은 그곳에서 잠시 쉬어가자고 했다. 옥상과 연결된 계단은 한 번 꺾인 형태였으며 제법 가팔랐다. 나는 층계참에서 걸음을 멈추고 물었다.

"아까 그 여자, 이 촌스러운 이름표는 나한테 왜 준 거야? 여기가 무슨 학교인 줄 아나 봐."

"주민끼리 서로 식별하라는 인식표야."

"너는 왜 안 달았는데?"

"교복에 명찰 달고 싶어 하는 애 봤어?"

"그럼 나도 안 달래."

주머니에 이름표를 쑤셔 넣었다. 서로 친목을 다지는 곳이 아니며, 모두 겁쟁이들이라 방 속에 꼭꼭 숨어 있으니 교류를 할 일도 없었다. 권력자들은 그렇지 않은 사람들의 삶을 몰라도 너무 몰랐다. 똑똑한 척만 하고서 실질적으로는 이렇게 명청한 물건이나 주니 한심했다.

사람을 죽이는 투표를 열고, 정말로 사람이 죽어나가는 청백성에서 대화가 가능한 건 일단 시온뿐이다. 엘리베이터를 탈 때마다 짜릿함을 느낀다는 면만 제외하면 시온은 매 순간 침착했다. 솔라 같은 사람이 아니라 시온과 함께인 건 행운인지도 몰랐다.

왠지 모를 안도감을 느끼며 그의 등 뒤에 더 가까이 붙었다.

"여기가 청백성의 꼭대기야."

"후우."

"상쾌하지?"

"그러네. 살 것 같아."

옥상 문을 열자 찬 공기 특유의 공허한 감촉이 온몸을 훑고 지나갔다. 그 황량한 질량을 느끼며 올려다본 하늘은 역설적이게도 지극히 평범했다. 세상을 파괴하는 사탕비를 쏟아 낸다는 사실을 믿을 수 없을 만큼 옥상 위에는 끝없이 펼쳐진 푸름이 솜구름과 함께 유영했다. 이름 모를 먼 바다로부터 파도 소리도 들려왔다.

청백성은 해안가 황무지에 외로이 서 있었다. 나는 서늘한 바람의 중심을 향해 손을 뻗었는데, 아무리 93층짜리 건물이라 한들 하늘에 닿지는 못했다.

시온이 검지 끝으로 옥상의 전경을 가리켰다.

"비극을 숨기는 최소한의 장치야."

키가 큰 칸나들이 사방 벽을 따라 빼곡히 피어 있었다. 옥상의 난간은 위험할 정도로 높이가 낮았기에 건물 밖에서 누군가 여기를 본다면 새빨간 칸나가 잘 보일 것 같았다. 반대로, 건물 안에 있는 우리는 벽이 아닌 칸나꽃들에 포위된 모양새였다. 만약 하늘에서 내려다본다면 이 공간은 외로운 성이 아니라 어여쁜 칸나 꽃밭으로 보일 거다.

아름다운 붉음 사이에 둘러싸여 있는 건 나쁘지 않은 일이었다.

"청백성에서 인간을 제외한, 유일한 생명체기도 해."

"이 꽃들이?"

"응. 이 꽃들만이."

칸나의 봉오리에 코를 들이밀었다. 달콤한 꽃향기가 느껴졌다. 시온은 이 꽃에 누가 물을 주는지는 알 수 없다고 했다. 다만 청백성이 생긴 이후 꾸준히 지지 않고 피어 있다는 점만 확신했다. 엘리베이터 옆에 방치된 화분 역시 칸나 씨앗을 품었다가 실내에서 사멸해버린 건 아닐까. 무시무시한 죽음과 무미건조한 생존뿐인 청백성에서 혼자만 선명하게 피어오른 모습이 탐스러웠다.

가장 낮고 작은 칸나의 줄기를 손에 쥐었다. 인간을 제외한 유일한 생명체라는 타이틀에는 가히 놀랄 만한 힘이 있었다. 줄기가 어찌나 빳빳한지 아무리 잡아 비틀어도 뜯기지 않았다.

"함부로 꺾지 마."

"예뻐서 한 송이만 방에 가져가고 싶어."

"저 꽃들은 너랑 같이 안 가고 싶을걸?"

"꽃 대신 널 꺾어버려도 되니?"

우리는 실없이 농담을 주고받다가 구석에 앉아 정제인이 준 민트색 사탕을 나눠 먹었다. 입 안이 화해져 얼음을 머금은 듯 찬 숨을 뱉었다. 나는 이 느낌이 싫어 사탕을 와그작 깨부숴 몽땅 삼켜버렸다. 반면에 시온은 맛이 좋은지 입을 다물고 오래도록 녹여 먹었다.

사탕 외에 무엇도 먹지 않았는데 밥을 세 공기쯤 먹은 포만감이 느껴졌다. 시온이 배를 팡팡 두드렸다. 물리적으론 전혀 부풀지 않은 상태였다.

"민트색은 사치품이야. 생존을 위해 포만감을 느낄 필요는 없거든."

"쫄쫄 굶었는데 배가 부르다니. 이건 사기야."

"좋게 말하면 마법이지."

"이런 사탕도 있구나……."

참 이상했다. 인간을 이 작은 곳으로 몰아넣은 사탕비가 포만감까지 주다니. 영생을 약속하는 김에 든든함도 베풀겠다는 아량 넓은 자비일까. 오랜만의 포만감은 불행보다 행복에 더 가까웠다. 나는 서서히 기분이 좋아지고 평온해지기 시작했다. 포근한 이불 위에 눕는다면 금방 잠들 수 있을 것만 같았다.

"이거 기분 좋은데?"

"너무 의존하진 마. 지나치게 많이 먹으면 방사능 때문에 위험하니까. 그래서 솔라가 정해진 양만 분배하는 거야. 그 여자는 마녀 같지만 난 나쁜 사람이라고는 생각 안 해."

민트색의 효과를 만끽하며 몸에 힘을 뺐다. 사탕은 먹으면 먹을수록 당분 때문에 기분이 좋아지는 디저트다. 하지만 그 당분에 의존하게 되면 우리는 서서히 죽어간다. 사탕과 사탕비는 모습뿐 아니라 특성까지도 무척 닮아 있다. 행복을 탐할수록 죽음과 가까워지는 비탈길에서 우리는 살아가고 있다.

늦지 않게 보라색도 챙겨 먹은 다음 입을 헤벌쭉 벌린 채로 하늘을 올려다봤다. 목구멍 안으로 차가운 바람이 들이찼다. 입을 오므렸다 펼치며 음식 먹는 시늉을 했다. 이렇게 하니 지금 느끼는 포만감이 음식에서 비롯된 것만 같았다. 마지막으로 먹은 음식이 무엇이었는지조차 기억나지 않는데도 말이다.

그때, 옥상 문이 열렸다.

"습, 후."

녹색 꽁지머리를 한 청년이 무성한 칸나 사이에 섰다. 투표 조원 중 한 명이었다. 그는 양손에 '25kg'이라고 적힌 커다란 덤벨을 하나씩 들었다. 기구에 걸맞게 팔뚝이 올록볼록하게 솟아올랐는데 잔뜩 화가 난 근육이 금방이라도 자아를 가지고 우리에게 운동 부족이라며 한 소리를 뱉을 것만 같았다.

나는 미심쩍게 바라보는 시선을 금방 들켜버렸다.

"뭘 그렇게 봐?"

"아, 아뇨, 그냥……."

"무서워하지 마. 난 100퍼센트 인간이야. 너흴 지켜주면 지켜줬지 해칠 일은 없어."

"저 아무 말도 안 했는데……."

그는 씩 웃더니 대뜸 팔 운동을 시작했다. 습, 후, 습, 후, 균일한 몸짓이 반복될 때마다 땀방울이 굵어졌다. 청년은 매일 어마무시하게 운동을 하고 그의 방에만 있는 전신 거울 앞에서 육체미를 감상하는 게 취미라고 했다.

난 저런 사람을 뭐라고 하는지 알고 있다. 두 글자로…… 뭐더라…….

"저 사람 이름은 테라야."

"그렇구나."

"형은 청백성에서 유일하게 믿을 수 있는 사람이야. 겁내지 마."

"저 사람 지금……."

"알아. 저 형, 헬스 중독이야. 속된 말로는 헬창."

"운동선수 출신이야?"

"아니. 저 형은 말이야……."

테라는 청백성에 오기 전까지 소방관이었다고 한다. 많은 화재 현장에서 사람들을 구조했고, 그 헌신을 인정받아 표창장까지 받았다. 강인했고, 선량했으며, 정의로웠다. 직업에 어울리는 클리셰를 다 갖춘, 어떻게 보면 꽤나 '전형적'인 인물이었다. 외톨이였던 시온에게 먼저 말을 걸어줬고 다른 주민을 돕는 일에도 솔선수범이었다.

그에겐 두 손으로 정수리 머리칼을 멋지게 쓸어 넘기는 습관이 있었는데, 우락부락한 팔뚝을 자랑하기 위한 행동이었다. 머리를 넘길 때마다 아슬아슬하게 묶여 있던 녹색 꽁지머리가 팔랑거렸다. 그는 영웅, 슈퍼맨 등의 별명으로 불리는 일을 좋아했다.

"내가 이렇게 된 건 모두 부모님 덕이지. 영웅이 되지 못한 주민들에게 위로를!"

"부모님 덕이요?"

"그래. 부모님은 내가 강인하지 못하면 쓸모없는 사람이 된다고 하셨어. 강하고 정의로운 사람은 어디서나 사랑을 받지. 너희처럼 약한 친구들은 차별을 받겠지만."

"이상하네. 그런 말을 듣고 자라면 영웅이 아니라 악당이 되지 않나요?"

"나처럼 정의로운 악당이 어디 있니?"

나의 소심한 비판 따위는 개의치 않는지 테라는 동작을 더 키웠다. 습, 후, 웃차, 습, 후, 웃차. 점점 더 기합이 커졌다. 해가 지고 어둠이 내려앉는 시간이었다. 주변이 어둑해질수록 그의 등을 타고 모락모락 피어오르는 뜨거운 김이 보였다. 칸나꽃 사이에 우뚝 선 알감자 같았다.

거참 지독스럽게 건강하군.

시온은 그를 신경 쓰지 않고 하늘을 올려다보며 혼자만의 공상을 즐겼다. 나는 괜스레 칸나꽃 잎만 만지작거리다 흘긋 테라를 쳐다봤다. 나와 시선이 또 마주치자 그가 덤벨을 내려놓았다. 그리고는 망설임 없이 눈앞의 칸나 줄기를 부여잡고 확 꺾어버렸다.

그는 내게 다가와 꺾은 꽃을 건넸다.

"자, 슈퍼맨이 주는 선물이야."

"슈퍼맨은 꽃을 보호하지 않나요?"

"너, 이 꽃을 원한 거 아니니?"

"맞아요."

"그럼 널 위해 꺾어주는 일이 정의 아니겠어?"

광경을 지켜본 시온이 당황했으나, 꽃을 꺾는 건 처음이자 마지막인 셈 치자며 웃어넘겼다. 스스럼없이 생명체를 꺾어주는 영웅이 낯설었다. 그가 말하는 정의가 무엇인지 고개가 갸웃거려졌지만 꽃을 갖고 싶다는 소망을 이뤄줬다는 점은

부인하지 못할 사실이었다. 그는 얼마 뒤 마무리로 스트레칭까지 하고선 먼저 떠났다.

시온이 팔꿈치로 나를 두어 번 찌르더니 속삭였다.

"오늘 본 조원들 어땠어?"

오늘 만난 투표조원은 시온, 솔라 그리고 헬스 중독 알감자였다. 시온과 내가 휴머노이드가 아니란 가정하에 후보자들을 판단해보자면 할 말은 하나뿐이었다.

"전부 다 이상해."

"그럼 전부 사람일지도 몰라. 사람은 누구나 조금씩 이상하잖아."

시온은 사람이라면 누구에게나 이해받기 어려운 면이 하나쯤은 있다며 연하게 웃었다. 엘리베이터를 놀이기구처럼 즐기는 그를 내가 이해하지 못하듯이 누군가는 성격이 고약할 수도 있고, 또 누군가는 마음이 지나치게 유약할 수도 있고, 또 어떤 누군가는 엉뚱한 것에 집착할지도 모른다며 말이다. 사람다움에는 공식이 존재하지 않기에 쉽게 정의할 수 없다는 것이 그의 결론이었다.

그러니 시온은 내게 말했다. 타인을 하나의 존재로 인정한다는 건, 그 복잡한 면들을 다 포용하고 끝내 자신까지도 포용하는 용기가 필요한 일이라고.

"그렇다면 휴머노이드에겐 그 용기가 없겠네?"

"그럴지도."

하늘에서 비가 내리기 시작했다. 우리의 성을 제외하고 온 세상에 오색찬란한 사탕비가 쏟아졌다. 나는 옥상의 끝까지 다가가 비가 내리는 풍경을 눈에 담았다. 동그란 죽음들이 땅과 부딪혀 잘게 부서지고, 여기저기로 조팝꽃처럼 찬란하게 튀었다. 옥상에서 맡은 단 향은 투표장에서 맡은 향보다 훨씬 더 농후했다. 나는 코를 틀어막고 죽음의 냄새를 외면했다.

이윽고 비가 그치자 사탕은 언제 그랬냐는 듯 녹아버렸다.

엘리베이터에 탑승하여 66층으로 돌아왔다. 문이 열린 순간, 6615호 앞에 서 있는 누군가가 보였다. 조원들처럼 푸른색 상하의를 입었으나 머리끝부터 발끝까지 붕대를 감고 있는 주민이었다.

처음 보는 조원 외 사람인데, 호실을 착각한 걸까. 나는 괜스레 통성명이라도 하고 싶은 마음이 들었다. 시온보다 먼저 달려가 이방인의 어깨에 손을 올렸다.

"안녕하세요. 66층 주민이신가요?"

"아."

남자는 인사 대신 외마디 비명을 뱉더니 내 쪽을 돌아봤다. 나는 흠칫 놀라 뒷걸음질을 쳐버렸다. 눈과 입을 제외하고 온 얼굴에도 붕대를 감고 있었기 때문이다. 새까만 눈동자 말고는 그 어떤 것도 보이지 않았다.

그때 시온이 재빨리 다가와 주민과 나를 분리했다.

"됐어. 이 사람이랑은 말 섞지 않아도 돼."

재빨리 6615호 문을 열어 나를 거의 밀어 넣었다. 그 와중에 주민은 한참 동안 나를 응시했다. 눈을 한 번도 깜빡이지 않은 채로. 그의 시선에는 보이지 않는 송곳니가 있었고, 나를 꽉 잡아 놓지 않았다. 섬뜩함을 느껴 잠깐 굳어버릴 정도였다.

"방금 그 사람 뭐야?"

"6614호 이웃인데, 그 남자는 가까이하지 마. 위험하고 기분 나쁜 녀석이니까."

"붕대는 왜 감고 있는 거야?"

"자길 숨기고 싶나 보지."

"숨기고 싶다면서 왜 돌아다녀?"

"그러니까 기분 나쁜 녀석이지."

잘 이해가 되지 않았으나 나는 대충 고개를 끄덕거리는 행위로 대화를 종결했다.

두 번째 투표,
솔라와 리카

방으로 돌아온 시온은 곧장 욕실로 들어갔다.

나는 그가 나오기 전까지 책상에 앉아 물건들을 구경했다. 기본적으로 청백성 안에서 지급되는 물품은 생존에 필요한 사탕과 물이 전부였다. 여가를 즐길 만한 물건은 전혀 없었다. 각자 피난 올 때 챙겨온 물건들만 인생의 마지막 흔적 삼아 여생 동안 보관했다.

시온의 소지품은 단출했다. 가방과 노트, 필기구가 전부였다. 나는 그가 나오기 전까지 마냥 기다리려다가, 왠지 가방을 열어보고 싶다는 충동을 느꼈다.

아직 시온에게서 듣지 않은 것들이 많았다. 처형이 진행되는 이유이자 우리가 반드시 찾아내야 하는 '존재'에 대한 정보가 더 필요했다.

내 기억에 의하면, **캔디 인간**은 인류가 발명한 마지막 휴머노이드였다. 이름에서 알 수 있듯 이들은 세계적 핵 실험이 끝난 뒤 발생한 이상기후 현상 사탕비 때문에 만들어졌다. 인간은 물과 결정으로 분리된 후가공 사탕만 건들 수 있을 뿐 우박 원형은 만질 수 없다. 방사능 물질을 손으로 만지면 그대로 피폭이 되는 것처럼 사탕비 역시 순수한 물질 그 자체로는 인간에게 알록달록한 괴물일 뿐이기에.

더군다나 인간은 마치 살아있는 피뢰침 같아서, 사탕비를 유인하는 현상이 발생했다. 인간이 없는 구역에는 비가 잘 내리지 않았고, 반대로 인간이 밀집한 구역에는 비가 쏟아졌다. 야외에 노출된 인간의 몸은 다트 과녁처럼 사탕의 폭격을 받았다. 꼭 사탕비는 인간만 골라 죽이기 위해 내려온 악마같이 굴었다. 그 잔인함을 한 꺼풀 벗기면 영생을 선사하는 천사의 얼굴이 드러났다. 인간은 어떻게든 비극과 축복을 동시에 잉태한 사탕비를 극복하기 위해 결정을 만지고 운반할 수 있는 휴머노이드를 만들었다.

그런데 문제가 있었다.

휴머노이드의 몸체는 기본적으로 특수 소재인 '알파메탈'

을 섞어 만들었지만 땅 위의 어떤 존재도 자연을 이길 수는 없었다. 알파메탈은 강인했으나, 제법 희소한 자원이었고 무적도 아니었다(사탕비를 막기 위해 인간이 개발한 '메탈우산'이 널리 보급되지 못한 이유이기도 하다). 빗속에 있으면 인간처럼 머리가 파이고, 다리가 부서지고, 팔이 떨어져나갔다. 단지 조금 더 오래 버틴다는 차이뿐이었다. 물론 인간이 이것을 몰랐던 건 아니었다.

보다 정확히 말하자면 알고 있었고, 상관없었다. 인형의 죽음을 슬퍼할 이유는 없었다. 파괴된다 해도 교체하면 그만이니까.

휴머노이드는 인간 대신 사탕을 운반하며 마지막까지 온몸에 사탕이 박힌 채로 절멸할 운명이었다. 회수 후엔 파손된 육체 곳곳에 박혀 있는 사탕까지 채굴할 수 있었다. 인간의 몸은 죽고 나면 부패하여 여러 번 쓸 수 없지만 휴머노이드는 마치 썩지 않는 양동이 같았다. 적당히 찌그러진 몸체는 재활용이 가능했으니 효율적이었다. 공장에서 찍어낸 제품에 불과했으므로 마음만 먹으면 알파메탈의 함유량을 낮춰서 정말로 양동이처럼 10개, 100개, 1000개까지 찍어내는 일도 어렵지 않았다. 물론 그렇게 찍어낸 휴머노이드들이 지금 어디에 있는지, 왜 이 청백성에는 단 한 구의 휴머노이드만 잠입했다는 건지는 알 수 없었다.

아무튼 난 휴머노이드가 역겨웠다.

내게는 폐부에서부터 피어오르는 적개심이 있다. 따지고 보면 엄마와 아빠도 휴머노이드가 제 역할을 하지 않아 희생된 거다. 그 깡통들에게 책임이 있다. 사람을 배반하고, 내 부모에게까지 피해를 끼치고도 사람 시늉을 하는 그들을 용서할 수 없다. 우리는 가짜 인간과 공생하길 원하지 않기에 목숨을 담보로 한 투표를 반복하고 있다. 이렇게 해서라도 숨어 있는 녀석을 반드시 색출하겠다는 공동의 의지였다.

"꼭 잡아내서 평생 운반 노동을 시키겠어. 짝퉁 인간들."

결연한 다짐이 무색하게 시온은 샤워를 하며 콧노래를 불렀다. 누군가가 죽어나간 하루임에도 따뜻한 물줄기 속에 온몸을 집어넣는 행위만큼은 즐거운가 보다. 나는 그의 책상을 살펴보았다. 그에겐 개인 물품이 몇 가지 있었다.

흠. 룸메이트란 명분이 있으니 가방 정도는 열어봐도 괜찮겠지? 친구 좋다는 게 뭐야. 어쩌면 중요한 정보가 있을지도 모른다.

조심스레 지퍼를 내려보았다. 가방 안에서 웬 젊은 남녀의 오래된 사진이 나왔다. 직감적으로 그의 부모라는 생각이 들었다.

"어디서…… 본 적이 있나?"

타인의 가족이지만 이상하게 그들의 얼굴이 낯익었다. 절대 내 것일 리 없는 애틋함이 느껴졌다.

그때 욕실 문이 벌컥 열렸다. 그의 젖은 머리칼 위로 몽글몽글한 김이 뿜어져 나왔다.

"청백성에선 조금밖에 샤워를 할 수가 없으니 늘 아쉽……어?"

시온이 갑자기 남색 눈을 커다랗게 뜨고서는 단숨에 내게 접근했다. 나는 그 기세에 깜짝 놀라 어영부영 자리에서 일어나버렸다. 변명을 해야 할 것 같은 기분이 들었다.

"기다리는 게 심심해서 가방 좀 봤어."

"내 물건이잖아."

"그냥 사진이기에 봤는데 문제가 돼?"

"누가 내 물건에 함부로 손대는 건 싫어!"

"그렇게 화낼 것까지는……."

"당장 내놔!"

시온이 다짜고짜 사진을 뺏어 원래 있던 가방 속에 넣어버렸다. 그의 몸짓에는 분노가 섞여 있었는데 그래서인지 움직일 때마다 젖은 머리칼에서 굵은 물방울이 떨어졌다. 왠지 서운한 마음이 들었다.

그깟 사진, 조금 봤다고 문제가 되나. 돈 주고 사 온 것도 아니잖아.

"엄마 아빠 유품이야. 연구 중에 돌아가셨어."

"어……."

'유품'이라는 단어가 분위기를 짓눌렀다. 시온이 어깨에 걸어둔 수건으로 머리칼을 닦으며 신경질적으로 말했다. 하얀 머리끝이 물기를 뱉을 때마다 빛에 반사돼 반짝거렸다.

"미안, 고의는 아니었어……."

누군가의 유품을 멋대로 구경하겠다는 고집을 피우고 싶지는 않았다. 대상이 무엇이든 그리움이 깃든 물건이라면 함부로 공공재 취급을 해선 안 됐다. 나는 그에게 사과했지만, 사과를 하는 동안에도 무안한 감정이 들었다. 조금 더 상냥하게 말해줘도 좋았을 텐데. 꼭 이렇게 신경질적으로 사진을 뺏으면서 해야 할 말이었나. 금붙이도 아니고 다이아도 아닌 물건인데. 내 잘못인 걸 알면서도 무척 서운했다.

그랬기에 자꾸만 변명이 나왔다.

"우리는 목숨을 걸고 투표를 하는 거잖아. 혹시 단서가 있지 않을까 싶어서 봤던 거야. 네 물건을 멋대로 갖고 놀겠다는 의도는 아니었어. 사진이 유품인지도 몰랐고……."

"사과를 할 때는 미안하단 말 한마디만 하면 돼."

시온이 나를 가만히 보았다. 화가 조금 누그러진 상태였지만 여전히 그의 얼굴에는 거북한 감정이 있었다. 입이 절로 다물어졌다. 어슴푸레한 남색 눈동자 속에 갇혀버린 듯 온몸이 멈췄다.

마지못해 한 번 더 미안하다는 말을 하자 그제야 그는 표정을 풀었다.

"내 물건을 보고 싶으면 먼저 말을 해줘."

"알겠어."

"알면 됐어."

"음…… 부모님 이야기는…… 유감이야."

"유감이긴, 똑같은 신세면서. 네가 유감이라면, 나도 유감."

비죽이는 입꼬리를 보아 분위기를 풀려는 농담이었다. 그도 살얼음판 같은 분위기를 원하지는 않았나 보다. 피차일반 천애고아가 된 상황에서만 할 수 있는 가련한 말장난이기도 했다. 나 역시 멋쩍게 웃었고, 이걸로 화해한 셈 치기로 했다.

비극을 공유하면서도 우리 중 누구도 슬퍼하지 않았다. 이 것도 사탕의 부작용일까.

"연구 중에 돌아가셨다면, 무슨 연구를 하신 거야?"

"캔디 인간 초기 개발부터 참여하셨어."

"진짜로? 너희 부모님이?"

"응. 돌아가신 것도 캔디 인간 때문이었고."

시온은 다른 주민보다 자신이 캔디 인간에 대해 조금은 더 알고 있다며 내게 운이 좋다는 너스레를 떨었다. 적어도 자신과 함께하면 손해 볼 일은 없을 거라는 이유에서였다.

"시온! 그럼 우린 동병상련이네?"

나는 그의 부모도 캔디 인간에 의해 목숨을 잃었다는 사실에 비통한 감정보다는 심연에서부터 솟구치는 강한 연대감을 느꼈다. 비슷한 이유로 부모를 잃은 경우는 흔하지 않았다. 이 세상에 존재하는 그 어떤 연결고리보다 더 끈끈할지도 몰랐다. 하지만 부모의 죽음 앞에 거대한 행운이라도 발견한 듯이 얼굴이 확 펴지는 나를 보자 시온은 불편한 내색을 숨기지 못했다.

"앗, 미안. 그냥 신기해서……."

"별게 다 신기해."

"내 부모님의 죽음도 휴머노이드 때문이라고 생각하거든."

"그러니?"

그는 공기 반, 소리 반으로 헛헛하게 웃었다. 즐겁다는 감정은 아니었다. 나는 곁눈질로 그의 옆모습을 몰래 훔쳤다. 얇은 펜으로 그린 듯한 얼굴선에 자꾸만 눈이 갔다.

낯선 청백성에서 눈을 뜬 뒤, 함께하는 사람이 있다는 것만으로도 위로가 됐는데 시온이 '연구자의 아들'이라는 중요한 특징까지 갖췄다는 정보가 추가되자 게임에서 제법 귀한 아이템을 얻은 것처럼 든든했다. 나는 이 소년이 마음에 들었다.

한편으론 부럽기도 했다. 똑같이 가족을 잃었다 할지라도 나는 그들에 관한 기억이 또렷하지가 않았으니까.

"시온, 이야기를 더 듣고 싶어."

"일단 너도 샤워부터 하지 그래?"

"뭐야. 내가 더러워?"

"날 봐봐."

그가 나의 코앞까지 얼굴을 들이밀었다. 서로의 호흡이 닿을 정도로 가까워졌고, 이건 명백한 사생활 보호구역 침범이었다. 우리의 코끝이 아슬아슬하게 서로를 빗나갔다.

당혹스러웠다.

"너 뭐 하는……."

"내 눈을 봐."

"갑자기 왜 이렇게 가까이……."

"너 여기 눈곱 완전 크잖아. 윽 더러워."

나는 시온이 어깨에 두르고 있는 수건을 낚아채서 채찍마냥 등을 후려갈겼다. 아무리 룸메이트라지만 얘는 못 하는 말이 없다. 엄연히 우리는 그…… 서로 긴장을 유지해야 할 관계인데 말이다.

욕실로 들어가 온수를 틀었다. 청백성의 가용 수자원은 제한적이었다. 하루에 1인당 15분씩 쓸 수 있는데, 우리는 두 명이니 30분 동안 사용이 가능했다. 각자의 몫을 잘 분배해 아침 세안을 하고, 샤워를 하고, 전기포트에 물을 담아야 했다.

오늘 남은 시간은 10분이었다. 나는 물줄기를 틀어놓고 그 안에 발부터 담갔다. 온열감이 느껴졌다. 시온과 달리 콧노래는 나오지 않았다. 조심스럽게 발목, 종아리, 무릎을 차례대로 집어넣었다. 여름날 풀장에 들어가기 전 몇 번이고 가슴팍에 물을 묻히는 아이처럼 조심스레 온몸을 적셨다. 그리곤 조용히 눈을 감았다.

인간에 의해 만들어진 캔디 인간은 어째서 역할을 망각하고 우리 속에 숨게 된 걸까. 수없이 만들어졌다던 캔디 인간들은 다 어디로 갔을까. 알파메탈이 섞여 있으니 분명 연구자들이 버리지는 않았을 텐데.

청백성 밖엔 무엇이 있을까.

답을 찾지 못하는 물음은 끝이 없는 우물과 같아서, 깊게 파고들수록 입구와 멀어질 뿐이었다. 어둠 속에 갇히는 일을 자처하고 싶지는 않기에 나는 생각을 그만뒀다. 이상하게도 미래가 두렵다거나 현실이 음울하다는 마음은 전혀 들지 않았다. 나는 어쩌면, 조금 들떠 있는지도 모른다. 시온과 함께 진실의 퍼즐을 하나하나 찾아가고 조립할 생각에 말이다.

전신에 물줄기가 쏟아졌고 곧이어 온몸이 후끈하게 데워졌다. 10분은 금방 끝나버렸다.

"이제 나랑 대화 가능하니?"

"응. 씻었으니까."

"쳇. 무슨 엄마처럼 굴고 있어? 뭐, 우린 이제 엄마가 없지만."

"씁쓸한 유머네. 어떤 걸 더 듣고 싶어?"

"캔디 인간에 관한 건 전부 다."

우리는 밤새도록 이야기를 나눴다. 수학여행 마지막 날, 친구들과 짧은 밤을 아쉬워하며 수다를 떠는 기분이었다. 일자형 책상에 앉아 유의미한 의견을 탐색하며 정보를 압축해나갔는데, 내 쪽에서는 거의 호응만 해주는 게 전부였다. 시온은 연구원의 아들이라 그런지 나보다는 캔디 인간에 대해 훨씬 잘 알았다.

원래라면 캔디 인간은 지능이 제한된 운반용 기기였다고 한다. 하지만 사탕비를 확보하는 과정에서 우박과 일반 암석을 혼동하는 오류가 잦았다(하늘에서 떨어지는 우박을 담아야 하는데 지상의 돌덩이를 가져오는 식이었다고 한다). 게다가 사탕비가 진짜 인간과 캔디 인간을 분간하는 바람에 피뢰침 기능을 제대로 수행하지도 못했다(신비스러울 정도로 영악한 사탕비 때문에 몇몇 종교에서는 정말로 신이 인간만 골라 심판하는 중이라 믿기도 했다). 캔디 인간은 조금 더 똑똑해질 필요가 있었고 동시에 사람답게 움직이며 비를 속여야만 했다. 이에 연구자들은 캔디 인간에게 한층 더 정교한 인간형 AI를 탑재했고 딥러닝을 진행했다. 시스템이 촘촘해질수록 실제 생명체처럼 똑똑해지더니 마침내 인간과 유사한 행동 패턴을 보이며 사탕비를 속일 수 있게 됐다.

그 변화를 기점으로, AI의 인지체계는 급속도로 발달했다. 인간은 끝내 그들이 지성을 갖는 일을 막지 못했다. 원치 않은 지성체의 탄생은 명백한 사고였다. 캔디 인간은 사탕비의 위험성과 본인들의 불완전성을 깨달아버렸다. 인간의 뜻에 복종하면 파손, 즉 죽어버릴 거라 판단하여 우리의 뜻을 거역하기 시작했다.

인간은 불량품들에게 친절하지 않았다. 시스템을 재설계한 뒤 인간의 뜻에 따라 용감하게 비를 맞아줄 수 있는지 몇 번이고 실험을 반복했다. 하지만 극한의 상황이 오면 매번 기계들은 도망치기 위해 자신도 사람과 동일한 존재라고 오판했다.

　인간들은 어떻게든 사탕 결정을 회수하고, 사탕비가 인간을 죽이지 못하게끔 휴머노이드를 빗속으로 대신 집어넣었으나 그들은 육체가 부서져 시스템이 종료되는 순간에 이르면 인간을 원망했다. 심지어는 연구자를 빗속으로 밀어버린 파렴치한 경우도 있었다. 정교한 시스템을 테스트하는 과정에서 수백, 수천 대의 캔디 인간이 셧다운됐으며 단 한 구는 달아났다.

　그 녀석이 바로 인간인 척 우리 중에 잠입한 범인이었다.

　히스토리를 좇는 동안 나와 시온은 밤을 새우기 위해 보관 중인 **초록색**과 **보라색**을 섭취했다. 아무리 뭐보다 건강한 10대라지만, 밤을 새우면 피곤하기 마련인데 초록색의 힘은 엄청났다. 방금 일어난 것처럼 생생한 기운이 밤새도록 지속됐다. 눈은 충혈되지 않았고, 관자놀이가 지끈거리지도 않았다.

　사탕비는 결코 인간이 스스로 만들지 못하는, 참으로 놀라운 물질이었다.

　"부모님께서 다 알려주셨던 내용이야?"

　시온이 고개를 끄덕였다. 어깨를 으스대며 자랑해도 좋을 정보인데 그는 어딘가 침울해 보였다.

"불편한 거 있어?"

"부모님을 생각하면 괴로워서."

"구박이라도 하셨어?"

"아니. 언제나 좋은 분들이셨어. 아마 지금도 하늘에서 날 보고 계실지 몰라. 그러니까 더 괴롭지."

그가 고개 위로 두 팔을 쭉 뻗더니 기지개를 켰다. 방 안에 창문이 없기에 디지털시계로만 아침을 맞이했다. '8'이라는 숫자에 마땅히 있어야 할 밝은 햇빛과 산새들의 지저귐, 산뜻한 공기가 그리웠다.

"시온, 우리가 꼭 캔디 인간을 색출해서 살인 투표장의 주인공이 되자."

"주인공이 어떤 존재를 말하는지 알아?"

"제일 똑똑한 사람."

"아닐걸. 적어도 내가 본 영화 속 주인공들은 하나같이 어딘가 찌그러진 사다리꼴 같았어. 반듯한 마름모가 아니고, 예쁜 정사각형도 아닌 녀석들 말이야. 여기저기 부딪히고, 수없이 파이면서 끝내 용기를 터득한 후에는……."

"완벽한 사각형이 되는 거지?"

"원이 되지. 마침내 부드러운 원."

"뭐야. 밋밋한데."

"부모님이 해주신 말이야. 어디서든 공처럼 둥글게 살라고 그러시더라. 난 그 말대로 살아보고 싶어."

"주인'공'도 공이야!"

시온은 더 말을 하지 않고 침대에 풀썩 누웠다. 빨간색 덕에 피로하진 않았겠지만 단시간에 너무 많은 정보를 머리 밖으로 끄집어냈으니 조용히 쉬고 싶은 눈치였다. 아침이 된 김에 같이 산책이라도 다녀오자고 말하려 했지만 눈치껏 소망을 목구멍 안으로 밀어 넣었다.

간단하게 세안을 끝낸 후 홀로 문을 열었다. 눈앞에는 청백성의 빽빽한 호실들이 보였다. 꼭대기에서 아침 햇살이 쏟아지는 중이었지만 66층은 빛이 풍족하게 들지는 않았다. 난간에 기대어 아래를 내려봤더니 거긴 더 심했다. 꼭 블랙홀을 바라보는 듯이 어두컴컴했다. 무수한 호실이 있다는 사실을 상상하기 어려울 정도였다.

1층이 천장으로 막혀 있지만 않았다면 유리 정문을 통해 들어온 빛이 낮은 곳도 밝혀줄 텐데……. 왜 이 건물을 만든 사람은 1층만 보호하듯 설계한 걸까. 거기에 있는 사람들만 중요한가? 심보가 고약하군.

"저층에 살지 않아 다행이네."

콧김을 뿜으며 혼잣말을 해보았다. 삶의 질이 낮을 아래층 주민들이 불쌍하면서도, 나는 묘한 안도감을 느꼈다. 저들에 비하면 나의 환경은 분에 넘치도록 좋은지도 모른다. 타인의 불행을 위안거리로 삼는 나의 행복은 역겨울지언정, 인간적인 감정이었다.

뻥 뚫린 중앙 공간으로 그나마 바깥 공기를 느낄 수 있는 바람이 유입됐다. 상쾌한 질량감이 느껴졌다.

"계세요?"

엘리베이터로 걸어가는 동안 사방을 살폈지만 주민은 한 명도 보이지 않았다. 방 옆의 방, 그 방 옆의 방, 또 옆의 방, 약간의 간격을 두고 문들이 따개비처럼 다닥다닥 붙어 있는데 어떤 인기척도 없었다.

"쫄보들뿐이고만?"

아무리 캔디 인간으로 의심받는 상황을 두려워한다고 한들, 이렇게까지 삶을 숨길 필요가 있나? 이해가 어려웠다. 보통 디스토피아 영화에서는 종말을 이겨낸 최후의 인물들이 함께 연대하고 마음을 합치는 장면들이 연출되지 않나. 왜 이곳 주민들과는 연대할 수 없는 걸까.

별안간 우리 방 앞에 있던 6614호 주민이 떠올랐다. 투표

조원을 제외하고 유일하게 마주친 적이 있는 사람이었다. 첫인상은 불쾌했지만 그가 혹시 뭔가를 알지도 모른다. 시온은 가까이하지 말라고 했으나 좋은 사람일 수도 있잖아. 위험한 일도 아니고 이웃과 통성명을 하겠다는 것뿐인데 이 정도 일탈은 용인해주겠지.

나는 6614호 쪽으로 돌아가 문 앞에서 한참 동안 망설이다 용기를 내 두어 번 두드렸다.

"6615호 주민인데요. 이야기나 나눌 수 있을까 해서요."

문은 열리지 않았다. 그냥 돌아갈까 싶었으나 용기를 낸 게 아까워 한 번 더 두드렸다.

"옆방 이웃끼리 친하게 지내면 좋……."

벌컥 문이 열렸다.

"와."

와? 들어오란 말인가? 아니면 감탄사 '와!'인가? 붕대를 둘둘 감은 남자가 문을 열고 지난번처럼 나를 째려보더니 손가락을 까딱거렸다. 아무래도 들어오라는 신호가 맞았다. 순간 거부감이 들었으나 청백성 안에서 범죄가 일어난 적은 한 번도 없었으니 이곳의 치안을 믿고 발을 내밀었다.

작은 단서라도 얻어야만 하니 일단은 용기를 내보자고.

남자의 방은 종이의 성 같았다. 기본적인 가구 외에는 온통 하얀색 종이뿐이었다. 종이들은 표면에 하얀 진주 가루가 뿌려진 듯이 거칠고, 빛이 났다. 그는 자신의 손목을 두드렸다. 동그란 조약돌처럼 생긴 손목시계가 탭핑과 동시에 켜졌다.

일반 주민처럼 보이지는 않았다.

"아저씨 뭐 하는 분이세요?"

그가 종이 한 장을 집어 올렸다.

—이 청백성에서 가장 천한 취급을 받는 존재지.

신기하게도 종이에 즉각 텍스트가 입력됐다. 붓과 펜이 없음에도 검은 점이 자연스레 번져가며 글자를 만드는 모습이 마치 마법 같았다. 나 역시 종이를 만져보았지만 나의 말은 입력되지 않았다.

"이거 어떻게 한 거예요?"

그가 종이를 놓자 순식간에 입력됐던 텍스트가 사라졌다. 그는 이번엔 다른 종이를 한 장 더 주워 들었다.

—마인드 페이퍼야. 워치 디바이스로 뇌의 언어 시그널을 읽은 다음, 종이 위에 뿌려진 라이트셀에 자극을 보내 잉크처럼 표현하는 도구지. 상용화만 성공했다면 청백성에 오기 전에 벼락부자가 됐을 텐데.

"아저씨 발명가예요?"

—그냥 과학자로 퉁치자.

"호호호, 그러죠, 뭐. 근데 아저씨 말은 할 수 없는 거예요?"

남자가 턱을 치켜올리고 목을 쓰다듬더니 이내 두 손을 교차하여 'X' 표시를 만들었다. 그리고는 다시 종이 한 장을 잡았다.

—목소리를 내고 싶지 않거든.

세상에는 별별 사람이 다 있으니 목소리 내기 싫은 사람도 있으려나. 의아하긴 해도 본인이 싫다는데 목소리를 내달라고 부탁할 필요는 없었다. 그렇지만 붕대 너머의 얼굴은 궁금했다. 가까이 다가가 손끝으로 팔뚝을 만진 순간 그가 소스라치게 놀라며 뒤로 물러났다. 그는 자신을 드러내는 걸 극도로 꺼려했다. 나는 그럴수록 그의 모습이 더욱 궁금했다.

"이런 신기한 도구까지 갖고 있는데 왜 천한 취급을 받고 있나요?"

—난 존재만으로 타인을 불편하게 만들어. 남들 눈에 띄지 않으며 조용히 살아야 하는 저주받은 팔자야. 하지만 나를 숨긴 채로 영원히 살고 싶지는 않아. 내가 어떤 존재인지 알면 너도 이런 내가 변태 같고 음침하다며 달아나버릴걸.

"아녀요! 불편해하지 않을게요. 저 비위 좋아요."

—붕대에 가려진 내 모습이 궁금하지? 네 눈 안엔 호기심이 가득해.

"네. 궁금해요. 보여주실 수 있나요?"

—그럼 네가 믿을 수 있는 사람인지 테스트를 하겠어. 기록을 하나 보여줄게. 두 번째 투표가 끝나기 전까진 오늘 본 것을 누구에게도 말하지 마. 그리고 투표 후에 나를 다시 찾아오렴.

그가 내게 가까이 다가와 손가락으로 바닥을 가리켰다. 나는 바닥에 널브러진 똑같은 종이들 사이에서 마음에 드는 것을 한 장 골라 집어 올렸다. 남자는 내가 고른 종이의 모서리를 맞잡았다. 그러자 어떠한 기록이 입력되기 시작했다.

기록물을 내가 모두 읽었을 때, 그는 망설임 없이 종이를 놓아버렸고 그 즉시 문서에 입력된 검은 텍스트들은 바람처럼 휘발됐다.

1-1. CHP_date_0505_

거듭해서 실험에 실패했지만 아즈카는 지치지 않고 시스템을 보완해 새로운 프로토타입을 만들었다. 안정화 수치 93%를 구현해냈다. 어쩌면 이번에야말로 인간과 공생이 가능한 피조물이 될 것이었다. 마침 오늘이 어린이날이니 그녀는 이제 막

탄생한 프로토타입을 감싸 안고 축하했다.

눈을 뜬 존재는 무엇을 축하받는지 몰랐다. 그저 바다가 보이는 연구소 풍경이 아름답다는 감상 정도만 하는 중이었다.

아즈카는 프로토타입이 '존재'로 인정받길 바라며, 이제는 실험에 꼭 성공하고 싶었다. 실험에 성공한다는 건 프로토타입이 인간의 뜻을 거역하지 않고 제 역할을 깔끔하게 수행하는 걸 의미했다. 또한 그것은, 프로토타입이 신분을 혼동하지 않는 걸 의미하기도 했다. 즉 '존재'로서만 머물 뿐, 감히 '인간'이 되길 욕심내지 않는 상태길 바랐다.

하지만 연구자들은 불친절하여 태초부터 직면한 존재의 모호함을 프로토타입에게 설명해주지 않았다. 인간은 기계에게 상냥히 굴 만큼 관대하지 못했다. 스스로 잘 깨우칠 것. 그마저도 피조물에게 내려진 하나의 미션이었다. 인간들은 이를 **'시스템 안정화'**라 불렀다.

안타깝게도 과거 3639기의 프로토타입들은 모두 실패했다. 극한의 상황이 다가오자 폭주하였고, 스스로를 인간으로 착각했다. 그러니 부부는 3640번째 프로토타입에게 마지막 희망을 걸었다.

6614호 남자는 곧장 나를 문밖으로 밀어버렸다. 방금 문서에서 본 기록을 상세히 설명해달라는 물음에도 응답하지 않았다.

문서에서 언급된 '프로토타입'이 우리가 찾고 있는 캔디 인간인 게 틀림없었다. 하지만 이 정보로는 부족했다. 아즈카가 어떤 마음으로 개발했는지만 나와 있을 뿐, 녀석을 찾아낼 만한 힌트는 없었다. 그런데 어째서 기록을 비밀로 지키라고 한 걸까? 아직은 알 수 없으니 두 번째 투표가 끝난 후 찾아가자고 마음을 먹었다. 신기한 기기와 종이라니, 다음번에 보면 나도 빌려달라고 해야지. 시온도 그 기기를 봤다면 흥미를 느꼈을 텐데.

나는 청백성을 돌아다니며 다른 단서를 찾아야만 했다.

아직 이곳은 내게 미지의 공간이었다. 풀기 힘든 숙제를 잔뜩 떠안은 것처럼 앞길이 막막했지만 한편으로는 굉장한 미션을 받은 주인공이 된 기분이었다. 그래, 벌써부터 포기하진 말자고.

머리를 환기할 겸 옥상에 핀 칸나들을 보고자 했다. 93층 버튼을 누르자 엘리베이터가 재빠르게 수직으로 상승했고 오장육부가 바닥에 닿는 감각이 느껴졌다. 어제는 몰랐는데 인제 보니 조금 짜릿한 것 같기도 했다. 나도 시온을 닮아가고 있나 보다. 친구 따라 강남도 간다던데, 변태도 될 수 있는 거지 뭐.

혼자 히죽거리며 93층에 도착했다. 옥상과 연결된 계단으로 향하려는 순간, 대기를 할퀴는 소음이 들려왔다.

"네가 메트를 죽인 거야. 너 때문에 사람들이 잘 알지도 못하면서 남편을 죽인 거라고!"

쇳소리처럼 쩍쩍 갈라지는 노파의 음성이었다. 삶의 기척이라곤 전혀 느껴지지 않는 청백성과 그녀의 데시벨은 어울리지 않았다. 자극적인 고성에 나는 부도덕한 흥미를 느꼈다.

장난감을 발견한 아이처럼 단박에 몸을 뒤로 비틀었다.

"차라리 날 죽여! 이 빌어먹을 마녀야!"

소리는 정제실에서 울렸다. 방향을 바꾸어 정제실 문 앞까지 다가갔다. 귀를 바짝 대고 그녀의 절규를 엿들었다.

"늙어빠진 할멈 주제에 감히 나한테 소리를 쳐? 죽고 싶어?"

"어차피 난 곧 죽을 거니까 할 말은 해야겠어. 마녀 같은 년! 네 과거를 내가 다 기억해."

뭐야, 일방적인 절규가 아니라 침 튀기는 싸움인가 본데? 모른 척 방관하는 게 현명하리라는 판단이 퍼뜩 내려졌지만 한편으로는 좀 더 자세히 대화를 듣고 싶었다. 유혹을 뿌리치지 못하는 불나방이 돼 싸움을 엿들었다. 조금 더 몸에 힘을 주고 귀를 바짝 대려 애쓴 탓에 몸이 납작이 붙어버렸다.

그때 갑자기 문이 열려버렸고 내 몸은 정제실 안쪽으로 고꾸라졌다.

"마시안?"

정제인이 할로겐등 밑에서 매섭게 나를 노려봤다. 어제의 여유는 모두 사라지고 얼굴은 섬뜩할 만큼 붉게 달아올라 있었다. 꼭 정육점 조명에 비친 고기 같았다. 그녀가 의자에서 내려오더니 무시무시한 속도로 다가왔다.

"어떤 이야기부터 엿듣고 있었던 거지?"

나는 초인종을 누르고 도망가려다 덜미를 잡힌 꼬마가 돼 그대로 굳어버렸다. 그녀는 내가 정제실 앞에서 몰래 싸움을 엿들은 사실보다도 무엇을 들었는지를 더욱 신경 썼다. 들키고 싶지 않은 내용이라도 있는 것처럼.

할멈이 나를 보호하기 위해 정제인의 접근을 가로막았다.

"저리 안 꺼져? 추악한 노파 주제에!"

"넌 나보다 더 추악한 살인마야. 난 네 초라한 과거를 다 알……."

"입 닥쳐."

정제인이 할멈의 입을 틀어막고는 옆으로 강하게 밀쳐냈다. 젊고 건강한 몸에서 뿜어져 나오는 힘을 이기지 못한 할멈은 속절없이 바닥을 굴렀다. 충격이 심했는지 몸을 폴더처럼 반으로 접고서 끙끙거렸다. 차가운 바닥에 널브러진 노파의 육체를 보자 정신이 확 들었다. 싸움은 제삼자의 입장으로 멀리서 볼 때야 흥미롭지 직접 휘말리니 재앙이었다.

일단은 말려야 했다.

"어르신한테 뭐 하는 짓이에요."

"신경 꺼."

"무슨 일인지 몰라도 이건 아니죠."

노파를 부축하여 일으켜 세웠으나 그녀는 발목을 접질린 상태였다. 절뚝거리며 제대로 몸을 일으키지 못했기에 한 팔을 내 어깨에 둘러 최대한 직립 자세를 유지하게끔 도왔다. 그러는 와중에도 할멈은 대단한 오기로 정제인에게 거듭 바락바락 소리를 쳤다.

"네가 캔디 인간이라고 몰아간 바람에 영감이 죽었어. 영감은 한평생 나와 함께 산 사람이었는데 말이야. 내 인생의 전부였다고! 지금이라도 하늘을 보고 사죄해! 우리가 너를 얼마나……."

"오늘내일하는 놈들이 죽는 게 무슨 상관이야. 당장 꺼져!"

정제인이 막무가내로 등을 떠밀었다. 힘쓰지 말고 말로 하라 타일러도 소용없었다. 할멈은 끝까지 뭐라 뭐라 주문을 외우듯 원한을 토해냈고, 정제인은 그때마다 입을 닥치라며 악을 썼다. 듣고 있자니 둘은 대화를 하는 게 아니라 각자 시끄럽게 독백을 하는 중이었다. 소통이 전혀 되지 않았다. 청년과 노인이 나누는 대화다웠다.

밖이나 안이나 사람들의 모습은 똑같군, 그리 생각할 즘에 나와 할멈은 어느새 끝까지 떠밀려 정제실 밖으로 내팽개쳐졌다.

"아침부터 재수 없게 옛날얘기야. 이봐 리카 할멈, 다 지난 일들은 꺼내지 않는 게 좋을 거야. 그 냄새나는 육신을 벌레 터트리듯 으깨 죽이기 전에."

"넌 인간이 아니야."

"이거나 받고 꺼져."

정제인이 할멈의 얼굴에 사탕을 던지더니 문을 굳게 닫아버렸다. 주홍색과 보라색 사탕이 콩 튀듯 사방으로 흩뿌려졌다. 할멈은 얼굴을 부여잡고 아파했고 나는 그 사탕들을 대신 줍느라 허겁지겁 움직였다.

사탕의 총량은 전부 주워봐도 터무니없이 적었다. 더군다나 가장 효능이 좋은 빨간색은 한 알도 없었으며, 어젯밤 나와 시온에게 보너스로 주었던 민트색도 없었다.

"할머니, 분배가 잘못된 것 같아요. 제가 다시 말해볼까요?"

"관둬. 분배는 정제인의 권한이라 바꿔주지 않을 거야. 솔라가 정제인이 된 이후로는 늘 이딴 식으로 받아왔어."

"이건 생명을 유지하기에 불충분해요."

"지금 내 방에 같이 가자."

"할머니 방으로요?"

"혼자 있으면 불안해서 그래."

그녀가 두 손으로 나의 팔을 부여잡더니 간절하게 호소했다. 자신은 모르고 있는 것 같은데, 파들파들 떠는 중이었다. 팔 한쪽으로 몽땅 전달된 떨림 때문에 나조차도 제자리를 유지하기 힘들 정도였다. 그녀의 얼굴은 이미 거대한 감정에 집어삼켜진 상태였다. 이마 주름들이 겹겹이 파도쳤고, 눈빛은 거품이 낀 물처럼 탁했다. 그 모습을 보고 있자니 꼭 버려진 바다를 응시하는 듯이 울적한 기분이 들었다.

마음이 복잡한 날에도 소풍을 다녀오면 모든 게 괜찮아지듯, 옥상에서 칸나를 보고 리프레시나 하려고 했던 것뿐인데 아침부터 이게 무슨 일이람. 이래서 남의 싸움에 끼면 안 되는 거구나. 청백성 주민들이 방문을 걸어 잠그고 단 한 발짝도 나오지 않는 것 역시 이런 감정싸움에 휘말리고 싶지 않기 때문일까.

"캔디 인간 구별법에 대해 알려줄게."

할멈이 나의 망설임을 종식하기 위해 승부수를 띄웠다. 나는 순간적으로 두 눈을 크게 뜨고 그것이 무엇이냐 물었지만 그녀는 말없이 절뚝거리며 엘리베이터에 탑승했다. 그리고는 '5' 버튼을 눌렀다.

5층의 풍경은 66층과 완전히 달랐다.

고개를 치켜올려 하늘을 보아야 먼발치에 해가 떠 있다는 것을 겨우 알 수 있을 뿐, 선명한 빛줄기 하나 없었다. 희끄무레한, 이미 위층에 퍼지고 남은 잔빛들만 안개처럼 뿌옇게 공간을 밝혔다. 채광과 통풍이 열악해서인지 층 전체가 어둑했고 퀴퀴한 냄새가 진동했다. 인간을 제외한 생명체라곤 칸나가 전부인데 곰팡이 놈들은 끈질기게 피어 있었다. 자기들이 꽃이라도 되는 줄 착각하는 모양이었다.

할멈은 505호 문을 열자마자 불부터 켰다. 방에 자연광이 전혀 들지 않으니 인공 빛이 없으면 일상생활이 불가능했다.

"내 이름은 리카야. 첫 투표에서 죽은 남편 메트도 이 방 주민이었어."

"욱!"

나는 그녀의 소개가 전혀 귀에 들어오지 않았다. 살펴본 사방이…… 개판이었다.

이상기후를 야기한 핵 실험을 진행한 장소가 이 방이라고 해도 믿을 만큼 쑥대밭이었다. 몸을 누일 침대와 침구, 캐비닛만 말짱할 뿐이었다. 책상은 부서져 있고 의자는 다리가 파손됐으며 전기포트도 콘센트가 뽑힌 채로 던져져 있었다. 외출 직전에 샤워를 했는지 온 방에 텁텁한 수증기가 가득했다. 나와 시온이 사는 공간과 같은 형태의 방이란 사실을 믿을 수 없었다.

불쾌한 냄새와 불안한 풍경이 가득한 곳. 어떻게 이 난장판 속에서 잠을 잔단 말인가. **노란색**을 매일 먹으며 지낸 걸까.

"방에서 헤비메탈이라도 연주하시는 건가요?"

"명색이 부유층이었던 우리 부부가 이따위 층에 배정된 건 믿기 힘든 일이지. 아무리 무작위라도 말이야."

"아뇨. 층의 문제가 아닌 것 같아요. 내부가 더 개판인데요."

"내부라면 영감이 죽기 전엔 6615호랑 다를 바가 없었어."

"짧은 시간 사이에 무슨 일이……."

할멈이 유일하게 온전한 침대에 걸터앉아 손바닥으로 옆을 팡팡 두드렸다. 이런 곳에, 이런 곳을 만든 장본인과 단둘이 남겨졌다가는 무슨 일을 당할지 모른다는 생각이 들었다. 저층에 사는 주민들은 다 이런가? 사람이 빛을 많이 받지 못하면 미쳐버린다던데……. 쭈뼛거리며 오히려 할멈의 반대

방향으로 뒷걸음질 쳤다.

"제발 옆에서 내 말을 좀 들어줘."

그녀는 나의 마음을 눈치챘는지 간절하게 호소했다. 적당히 거짓말을 짜내 달아나려 했지만 불안에 잠식당한 노파의 얼굴을 보고서는 도저히 그럴 수가 없었다.

아마도 난 꽤 착한 사람인가 보다. 젠장, 피곤하게 살겠군.

"할머니, 왜 이렇게 떨고 계세요?"

"영감이 죽고 혼자가 된 게 불안해서 견딜 수가 없었어."

"다리 떨면 복 나간다잖아요. 가만히 좀 계셔보세요."

"이렇게라도 움직이지 않으면 상념에 잡아먹힐 거야."

어쩔 수 없이 할멈의 곁에 앉아 손을 잡아주었다. 고장 난 전동 칫솔처럼 엉성한 진동들이 자꾸만 전해졌다. 주름지고 얇은 손등은 기름기 하나 없이 건조했다. 열여덟 살인 나는 늙음과는 거리가 멀었기에 할멈의 낡은 손이 선사하는 촉감에 설명하기 힘든 위화감을 느꼈다.

나는 아직 노인의 슬픔을 잘 모르니.

불편한 마음을 꾹 참고 그녀의 허약한 손을 나의 두 손으로 치열히 감쌌다. 느린 속도로 떨림이 멎어갔다.

"할머니가 다 이러신 거예요?"

"밤새도록 한숨도 자지 못했어. 이렇게라도 하지 않으면 버틸 수가 없었어."

"세상에……."

"혼자가 된다는 게 얼마나 무서운 건지 모를 거다."

"힘들면 이웃들에게 도움을 받으시지……."

"너도 알잖아. 우린 다닥다닥 붙어 있지만 전부 개별적인 존재야. 나는 그걸 알면서도 받아들이는 게 힘들어. 유일하게 곁에 있어줬던 영감마저 죽고 혼자가 돼버렸어. 누구에게도 의지할 수 없고, 누구와도 웃음을 나눌 수 없는 혼자 말이야. 나는 정말로 두려워."

말을 이어갈 때마다 겨우 멎게 했던 떨림이 점점 심해졌다. 그녀의 탁한 눈동자에서는 금방이라도 서러운 파도가 흘러내릴 것만 같았다.

희미한 기억 조각이 반짝였다. 내가 슬픔에 잠겨 있을 때 엄마는 나의 몸을 한참 동안 감싸주었다. 등을 토닥이며 위로해주는 그녀의 음성 덕에 힘든 날에도 나는 절망을 느끼지 않았다.

그때를 떠올리며 할멈을 안았다. 바스러질 것 같은 작은 몸이 내 안에서 부르르 떨었다. 이 노쇠한 육체로 방을 쑥대밭으로 만들었다니, 밤새도록 얼마나 큰 두려움과 싸웠던 걸까 짐작조차 하기 어려웠다. 나는 그제야 품 안의 낡은 이가 가련하다는 생각이 들었다.

"그나마 행운인 점이 있다면 캔디 인간을 찾았다는 거야. 바로 영감을 죽인 마녀지."

할멈은 반복해서 몇 번 더 호소한 뒤 나의 품을 떠나 가구 잔해 더미 사이를 뒤적거렸다. 손이 다칠까 염려스러웠지만 사탕을 먹으면 되니 말리지 않기로 했다.

그녀가 가져다준 건 손바닥만 한 낡은 일기장이었다.

"솔라가 정제인으로 임명됐던 날, 정제실로 방을 옮길 때 떨어트렸던 거야. 원래는 옆방 이웃이었거든."

살기 위해서 죽을 때까지 속일 거야.
사람이 정말로 싫어, 싫어, 싫어……
차라리 그들이 죽었으면, 죽었으면, 죽었으면!

일기장을 펼친 순간 미간이 찌푸려졌다. 마치 누군가에게 저주를 거는 듯 온통 괴상한 말투성이였다. 도대체 무슨 일이 있었던 건지 몇 장을 넘겨도 울화가 찬 악담만 기록돼 있었다.

"으악!"

소름이 끼쳤다. 불씨에 닿은 듯 손을 털며 일기장을 바닥으로 던져버렸다. 일기장의 내용은 내가 봤던 솔라의 모습과 괴리가 컸다.

할멈은 일기장을 다시 들어 먼지를 털고는 침대 머리맡에 올려뒀다.

"이 일기장에 담긴 솔라의 마음을 기억해두렴. 캔디 인간은 사람을 배신한 악랄한 지성체야. 지금 우리를 업신여기면서 장난질을 하고 있지."

할멈의 말에 따르면 솔라는 도시 출신 부랑자였다. 윤택한 상인이었던 할멈 부부는, 한눈에 보아도 행색이 초라하고 나뭇가지처럼 앙상하게 마른 그녀의 팔다리를 향해서 동정을 참지 못했다. 특히 첫 번째 희생자인 메트 영감이 표현을 아끼지 않았다. 이웃이 된 김에 잘 지내보자는 의미로 마주칠 때마다 말을 걸었으나 돌아온 대접은 예상치 못한 것이었다. 솔라는 부부의 도어록 비밀번호를 알아낸 다음 분배된 사탕을 몽땅 훔쳐 갔다. 자기 몫과 더불어 부부의 몫까지 탐욕스럽게 사탕을 먹어 치웠다. 도둑질은 몇 번이고 반복됐다. 그녀는 갈취한 몫만큼 빠르게 건강을 회복했다.

그 후에 청백성의 관리인은 93층의 정제실을 책임지고 운영할 정제인을 차출하겠다는 계획을 선언했다. 소식을 들은 솔라는 관리인에게 여러 번 간청했다. 그녀에게는 높은 곳으로 가고 싶다는 욕망이 있었는데 그 마음이 관리인에게 통했는지, 솔라가 정제인으로 임명됐다.

그리고 투표조원으로 소집된 후에는 사탕을 분배하며 메트 영감이 캔디 인간이라는 거짓 소문을 퍼트렸다고. 잠에서 깨어난 지 오래되지 않은 탓에 내게는 그녀와 제대로 소통해 본 기억이 없지만 나를 제외한 모든 조원에게 메트 영감을 음해했다고 한다.

"정제인이 된 건 권력을 향한 욕심 때문이겠지. 캔디 인간이라면 사람이 가져 마땅한 지위를 탐낼 테니까!"

할멈의 탁한 눈에 생기가 돌기 시작했다. 그녀가 품었던 불안함이 일순간 다른 감정으로 빠르게 치환됐다.

"역겹지 않니? 이번 투표에서 솔라를 찍어. 인간을 이토록 미워하는 그녀가 인간일 리가 없다. 죽여야 해."

분노와 뒤엉킨 서슬 퍼런 확신이었다.

청백성에 잠입한 단 하나의 캔디 인간은 3639기에 달하는 동족의 종말을 보았을 거다. 사람을 미워하는 게 당연했다. 같은 청백성 주민끼리 화합해도 모자랄 판에 끊임없이 사람을 미워하는 존재가 있다면, 적어도 지금으로서는 할멈의 말대로 그자가 캔디 인간일 가능성이 높았다.

일기장 속 솔라는 사람을 미워하고 있었다. 그녀는 첫 번째 투표에서 아무런 근거 없이 메트 영감이 캔디 인간이라고 선동했고 그 간계 때문에 영감이 죽었다. 결국 첫 번째 투표에서 진짜 살인을 저지른 사람은 솔라나 다름없었다.

나는 서둘러 이 사실을 시온에게 알려주고 싶었다.

"할머니, 제가 일기장을 시온에게 증거로 보여줘도 될까요?"

"마녀의 죽음에 한 표를 보태준다면야."

인간을 향한 솔라의 증오가 내 손바닥 위로 고스란히 옮겨졌다. 일기장은 다음 투표에서 매우 중요한 역할을 하게 될 거다. 나 역시 번뜩이는 할멈의 눈처럼 확신이 가득 찬 표정을 지었다.

문득 6614호 남자의 방에서 봤던 기록이 떠올랐다. 언급된 프로토타입이 솔라인 걸까. 혹시 할멈에게 5월 5일의 기록에 관해서도 아는 것이 더 있는지 물어보려다 아무에게도 말하지 말라던 남자의 말이 떠올랐다. 나는 최대한 빙 둘러 물어볼 수밖에 없었다.

"혹시 6614호 남자를 알고 계세요?"

문자마자 즉답이 돌아왔다.

"이상한 기계를 들고 다니는 미친놈이지. 왜?"

"아니에요……."

그의 평판은 형편없었다. 군이 그의 대변인 노릇을 할 필요는 없으므로 입을 다물었다. 볼일이 끝났으니 방을 빠져나가려는데, 할멈이 손목을 붙잡았다.

"벌써 가려고? 더 있다 가지."

"예?"

"자고 가."

짧은 순간, 숨이 막혔다. 여기에 더 있을 이유가 없는데요, 달아나고 싶은 마음이 굴뚝같았지만 할멈은 손목을 놓아주지 않았다. 이 할멈도 힘이 보통은 아니었다. 사탕은 쓸데없이 모든 사람의 육체를 건강하게 만들어놨다.

그렇다면 아까 전 솔라에게 속절없이 당하기만 했던 모습은 뭐였을까. 어딘가 미심쩍다는 생각이 들었지만 입 밖으로 뱉지는 않았다.

마지못해 엉덩이를 다시 침대 위에 올려놨다. 고급 정보를 얻은 대가로 그녀의 고독을 덜어주어야만 했다. 나는 분명 남편을 잃은 리카 할멈에게 연민을 느꼈지만, 그럼에도 불구하고 곁을 지켜주는 순간은 즐겁지 않았다. 그저 먼발치에서 관망하듯이 동정만 베풀고 싶었다.

아무래도 어르신과 대화가 잘 통하는 타입은 아닌가 봐. 언젠가 사탕비가 그친다 해도 양로원 봉사는 못 가겠군.

시온이 보고 싶었다.

505호실을 빠져나온 건 믿기 힘들게도 하루가 지난 뒤 점심쯤이었다. 밤새도록 온갖 이야기를 들어줘야만 했다. 그녀는 본인이 얼마나 슬프고 외로운지, 영감의 장례조차 치러줄 수 없는 현실이 얼마나 고역스러운지, 이 청백성에서 평생 사는 것이 얼마나 두려운지 끊임없이 떠들었다. 처음에는 상실감에 최대한 공감을 해주려 노력했지만 몇 시간 동안 이어지는 푸넘에 혼이 빠져나가는 고통을 느꼈다. 할멈은 감정을 표현한다기보다는 배설하는 지경에 이르렀다. 온갖 고독을 파도처럼 쏟아냈으며 지칠 때마다 주홍색을 으적으적 씹어 먹고선 체력을 보충했다.

나는 멋대로 그녀를 동정한 것을 후회했다. 절대 이 할멈처럼 늙지 말아야지, 다짐하고 또 다짐했다. 알고 싶지 않은 온갖 감정을 다 뱉어버린 그녀가 증오스럽기까지 했다.

할멈은 내가 문밖으로 나가던 순간까지도 내 옷깃을 잡고 또 오라며 중얼거렸다. 아무래도 내가 알던 보통의 사람 모습은 아니었다. 나는 징그러운 그녀를 어두컴컴한 5층에 두고 달아나듯 엘리베이터에 탑승했다.

"마시안! 너 대체 어디에 있었던 거야. 걱정했잖아."

"505호에 있었어."

"리카 할머니 댁에?"

"응."

6615호 문을 열자마자 시온은 근심이 한 아름 담긴 얼굴로 나를 맞이했다. 그는 전날 아침 일찍 나간 내가 돌아오지 않아 하루 종일 찾아다녔다며 도대체 뭘 했는지 추궁했다. 나는 밤새도록 할멈의 푸념을 듣고 진이 다 빠져버려 솔라의 일기장만 건네주고는 아무 말도 하지 않았다. 입술이 1밀리미터도 열리지 않았다. 무인도가 있다면 잠깐 다녀오고 싶을 지경이었다.

시온은 나와 대화하길 포기하고 솔라의 일기장을 읽어나갔다. 눈알을 좌우로 굴려 기록을 읽는 동안 그도 나와 비슷한 반응을 보였다. 사람을 향한 솔라의 광범위한 원망을 납득하기 어려워하면서도, 소름 끼쳐하는 얼굴이었다.

나는 빨간색을 물 한 잔과 함께 챙겨 먹었다. 뜨거운 물에 데친 배추처럼 기운 없던 몸이 언제 그랬냐는 듯 되살아났다. 하지만 숙면 후 충전된 활력이 아닌, 사탕으로 충전한 가짜 활력에는 개운함이 없었다. 시온은 일기를 적당히 읽은 뒤 덮어버렸다.

입을 움직일 기운을 찾은 후에야 나는 할멈에게서 들은 정보를 검증했다.

"첫 번째 투표에서 조원들이 영감을 캔디 인간이라 지목한 이유가 솔라 때문이라던데, 맞아?"

"응. 조원들이 정제실을 찾아갈 때마다 솔라가 호소했거든. 반드시 메트 할아버지를 지목해야 한다고."

"무슨 근거로?"

"듣기로는 꾸준히 정제를 방해했대. 그 외에는 아무런 정보가 없어서 유일한 호소자인 솔라의 말에 무게가 실렸어. 돌이켜 보면 과거에도 둘은 유독 사이가 좋지 않았어. 할아버지는 솔라가 늙은 주민을 차별한다고 주장했거든."

리카 할멈에게 효능이 좋은 빨간색을 주지 않은 것만 봐도 그녀가 불공정한 분배를 한다는 사실 정도는 알 수 있었다. 어떤 이유인진 몰라도 솔라는 분명 노부부를 박해했다.

"시온, 혹시 솔라가 정제인이 되기 전에 사탕을 도둑질했다는 사실도 알고 있어?"

"솔라처럼 프라이드 높은 사람이 무슨 도둑질이야."

"리카 할멈이 그랬어. 도어록 비밀번호를 알아내서 그 집 사탕을 훔친 적이 있었대. 꽤 여러 번."

"그럴 사람은 아닌데……."

"솔라가 영감에게 표를 던지자고 먼저 호소했던 일도 이상하지 않아? 투표를 하면 사람이 죽는데 말이야. 아무리 영감이 미워도 그렇지, 쉽게 그런 말을 꺼낼 수가 있어?"

시온이 고개를 갸웃거리며 의구심을 표현했다. 아마도 그는 아직 솔라를 캔디 인간이라고 생각하지 않는 듯했다.

책상 위에 올려진 내 몫의 사탕 주머니를 거꾸로 뒤집었다. 방금 빨간색을 먹었으니 오래 지나기 전에 보라색을 먹어야만 했다. 하지만 보라색이 보이지 않았다. 시온이 내 몫의 사탕을 보더니 잊고 있던 것을 떠올리며 답했다.

"그러고 보니 시안이 너, 사탕을 분배받을 때가 됐어."

내가 깨어나기 전에는 시온이 내 몫까지 받았지만 그 이후에는 한 번도 대신 받아준 적이 없었다. 마침 정제실에 갈 명분이 생겼다. 나는 시온이 보고 있던 일기장을 챙겼다.

"할멈이 그랬어. 인간을 진심으로 미워하는 존재가 캔디 인간일 거라고."

"솔라가 캔디 인간이라고 확신하는 거야?"

"응."

"난 아직 확신할 수가 없어."

"그러면 직접 보고 오자. 그녀가 어떤 사람인지."

시온은 망설여진다는 듯이 고개를 좌우로 꺾었다. 왠지 추리게임의 하이라이트 단계에 진입했다는 기분이 들었다. 영특하고 용감한 인물이 되는 걸 만끽하고 싶었다.

정제실로 가길 주저하는 소년을 일으켜 세워 엘리베이터

로 향하는 동안, 층수를 가늠하기 어려운 위쪽 어딘가에서 둔탁한 소음이 들려왔다. 우리는 일제히 고개를 들어 올렸고 순간 어떠한 물체가 분주히 움직이는 것을 보았다. 나는 그 실루엣을 정확히 보기 위해 눈을 찌푸려 집중했다.

그건, 뭔가를 옮기고 있는 6614호 남자의 모습이었다.

솔라의 얼굴은 가방 속에 굴러다니는 종잇조각처럼 뭉개져 있었다. 그녀는 어제의 일로 아직 분이 가시지 않은 상태였다. 나는 사탕 주머니를 내보이며 분배를 요청했다. 그녀가 요란한 왕좌에 앉아 한참 동안 나를 내려다보다 아무 말 않고 주머니에 사탕을 담아줬다. 할멈과 달리 여러 색이 골고루 담긴 공정한 분배였다.

시온이 소심하게 팔뚝을 두드리며 내게 감사하단 말을 하라고 지시했다. 정제인에게 사탕을 받는 주민은 누구나 그녀의 노고에 예의를 표현해야 했다.

하지만 나는 비죽비죽 웃고 말았다.

"마시안, 왜 고맙다고 하지 않지?"

"사탕을 받는 건 주민의 당연한 권리 아닌가요."

그녀의 얼굴이 밝은 조명 아래에서도 얼음처럼 굳었다. 시온이 당황하여 재차 내 팔을 툭툭 치며 감사 표현을 독촉했다. 아마도 그는 단 한 번도 정제인에게 나처럼 버르장머리 없이 굴어본 적이 없었을 거다. 내가 저 여자의 실체를 보여줄 테니 가만있어보라고.

솔라는 차가운 시선으로 우리 둘을 번갈아 봤다.

"누가 진짜고 누가 가짜인지 모르는 청백성에서 당연한 권리라는 건 없어. 나의 아량으로 나눠주는 것뿐이야."

"말이 나와서 물어보는 건데요. 당신은 투표에서 누굴 찍을지 정했나요?"

"글쎄. 계속 버릇없이 굴면 나는 너에게 표를 줄 수도 있어."

솔라는 감히 주민 따위인 신분으로 끈질기게 대화를 이어가려는 나의 무례함을 가까스로 참았다. 리카 할멈에게 보여준 날것의 분노를 내게 답습하지 않는 건 그녀가 지킬 수 있는 최소한의 교양이었다. 환한 조명 아래에서 아무렇지 않은 표정을 지었지만 나는 이미 그녀의 새빨간 얼굴을 보았다. 내 앞에서 자애로운 태양인 척해도 소용없었다.

옷 주머니에 손을 찔러 넣었다. 일기장 겉면을 손바닥으로 매만지며 증거로 제시할 최적의 타이밍만 궁리하는 중이었다.

"그거 아세요? 우리 중 사람을 미워하고 있는 녀석이 바로 캔디 인간이래요."

한껏 이죽거리며 말을 건넸다. 순수한 악의를 모를 리 없는 그녀가 팔걸이에 두 팔을 올려둔 채로 얌전히 주먹을 꽉 쥐었다. 차분한 모습을 유지하기 위해서 분노를 온몸으로 분산시키는 것 같았다.

"시안아, 너무 공격적이잖아."

시온은 자꾸만 팔을 잡아끌면서 다툼을 멈추려 했다. 투표가 다시 열릴 때 우리는 캔디 인간을 반드시 잡아내야만 한다. 여기까지 온 이상 '적당히'라는 건 없다. 옷소매를 꼬집는 시온의 불안한 손끝을 상냥하게 뿌리쳤다. 이왕 이렇게 된 거 이판사판이야. 저 여자의 민낯을 보자고.

솔라가 차분한 어조로 대답했다.

"별로 동의할 수가 없네. 누구나 타인을 조금씩은 미워하지 않아? 좋아할 이유는 찾기 어려워도 미워할 이유는 찾기 쉬우니까."

그녀는 속내를 숨기기 위해 그럴듯한 변명을 했다.

"아뇨. 전 이유 없이 타인을 미워하지 않는데요."

"확실해?"

"당신은 아닌가 보죠?"

"자꾸 말대꾸하는 버릇이 있네."

"당신은 이유 없이 메트 영감을 미워하고, 죽이기까지 했잖아요. 그다음은 누구로 할 건가요?"

지금이다! 주머니에서 일기장을 꺼냈다. 그녀의 지난한 증오가 나열된 페이지들을 직접 펼쳐 보였다. 솔라는 그제야 왕좌에서 내려와 어디에서 가져왔냐며 허둥대기 시작했다.

그녀가 시온의 눈을 가리고는 잠시 나가 있어 달라 부탁했다. 자신이 적어둔 일기장의 내용을 필사적으로 감추려는 모습이었다. 하지만 시온 또한 이미 모든 걸 읽었으니 소용이 없었다. 정제인의 말을 거역할 생각이 없는 그는 이쯤하고 돌아가자며 지겨운 말을 되풀이했으나 이번에는 솔라가 나를 놔주지 않았다. 정제실 문을 열어 시온만 홀로 퇴장시켰다.

왕좌에서 내려온 그녀와 대등하게 시선을 맞추니, 그저 나보다 체구가 작은 사람일 뿐이었다. 일기장을 뺏으려 했지만 내 키가 조금 더 컸기에 방어는 어렵지 않았다.

"원래 좀도둑이었다면서요?"

그녀는 대답하지 않고 일기를 어디서 구했는지만 자꾸 물었다. 당당하다면, 간단하게 아니라고 말하면 될 텐데. 뻔뻔한 척에는 재능이 없는 사람이었다. 정제인으로서의 자존심과 당혹감 사이에서 갈피를 잡지 못하는 얼굴이었다.

"누가 그래? 헛소리야."

"이 일기장, 당신이 쓴 거 맞죠?"

"난 모르는 일이야."

"영감과 사이가 안 좋았던 이유도 영감 부부가 당신의 과거를 다 알아서래요. 맞죠?"

"헛소리라니까!"

"왜죠? 솔직하지 못하면 날 설득할 수 없어요."

판단은 이미 끝났다. 솔라는 누가 봐도 제일 수상했다. 나는 이제 완전히 기세를 몰아가 그녀를 상대로 어떠한 승리를 얻어내고 싶었다.

우리밖에 없음에도 솔라는 정제실 사방을 두리번거렸다. 입술을 몇 번 깨물더니 들릴 듯 말 듯 한 목소리로 겨우 항변했다.

"솔직하게 말해봤자 넌 날 안 믿을 거잖아."

"들어보고요."

"믿어준다고 약속해. 그리고 누구에게도 말하지 않겠다는 것도 약속해. 과거를 떠올리는 건 나한텐 힘든 일이니까."

"좋아요, 약속할게요."

나는 일기장을 눈앞에 팔랑거리며 약 올렸다. 솔라가 심호흡을 몇 번 하더니 숨겨둔 이야기를 꺼냈다.

사탕비가 내리기 전, 솔라는 몸이 병약하다는 이유로 양질의 일자리를 구하지 못했다. 건강을 되찾기 위해선 많은 돈이 필요했으나 하필이면 그녀의 인생은 '풍족'이란 단어와 거리가 멀었다. 어떻게든 일을 하려 애써도 한 달을 버티지 못하고 쫓겨나기 일쑤였다. 빈곤과 질병은 유기적으로 악순환됐다.

그녀는 생계를 유지하기 위해 때때로 도둑질을 일삼았다. 병약한 육체는 그녀의 행동에 가끔 면죄부가 돼줬지만, 자존감까지 지켜주진 못했다. 그녀를 향하는 눈동자에는 언제나 멸시가 있었다. 달아날 낙원이 없었던 그녀는 매일 타인을 향해 시작과 끝이 모호한 증오를 쌓아가며 근근이 삶을 이어갔다. 남을 미워하는 일은 역설적이게도 자기혐오를 동반했다. 무언가에 홀린 듯 손목에 스스로 칼자국까지 남기기에 이르렀을 때, 사탕비라는 재앙이 찾아왔다. 솔라는 끔찍할 만큼 삶이 싫었기에, 불의의 사고를 가장하여 마음 편히 사탕비에 맞아 죽으려 했다. 하지만 막상 죽음이 가까워지면 살고 싶다는 원초적 충동이 온몸을 통제했기에 마음대로 죽지 못했다. 기어코 청백성까지 피난을 와버렸다.

운 좋게도 사탕비는 그녀에게 재앙이 아니었다. 그토록 바라던 축복이었다. 사탕을 먹고 난 후 병약했던 몸에 생전 처음 활력이 샘솟는 걸 느꼈다. 10년의 세월을 차감받은 듯 아무리 움직여도 지치지 않았다. 남들만큼 건강해졌으니 더 이상 멸시를 받을 이유도 없었다. 어떤 일이라도 할 수 있었고, 보란 듯이 살 수도 있었다. 그녀는 어느 날 갑자기 찾아온 축복을 놓치고 싶지 않았다. 겪어본 적 없었던 만족이 마약처럼 그녀를 중독시켰고, 삶을 바꾸는 일에 집착하게 했다.

그녀는 사실 누구보다도 살고 싶었던 존재였다.

'이봐 솔라 양, 밟히기 싫어 도망을 치는 개미처럼 당신 같은 빈민도 여기까지 왔군. 별 볼 일 없는 육체로 정말 장하다네! 우리는 그런 젊음을 갸륵하게 여기지.'

유복한 환경에서 살았던 메트 영감은 행색이 초라한 그녀에게 호의를 가장한 동정표를 자주 던졌다. 그 마음은 위선이었다. 청백성에 온 이상 모두가 동등한 주민이었지만 이런 곳에서도 우스운 취급을 당하자 솔라는 마음이 엇나가버렸다. 마음에 묵혀두었던 미움을 모조리 영감에게 쏟아내기 시작했다. 심지어 영감 몫의 사탕까지 훔쳐 그의 건강을 빼앗았다.

괴로웠던 삶을 청산하고 싶었던 자와 그런 자를 우습게 여겼던 자. 서로를 이해하지 못하는 두 이웃은 '증오'라는 간편한 마음을 품었다.

"내가 정제인이 된 후 영감은 관리인에게 자꾸 불공평을 호소했어. 그딴 늙은 놈들이 사탕을 알맞게 받아야 할 이유가 뭐가 있지? 내가 좀도둑질을 했다는 사실을 들먹이며 정제인을 교체하라고 읍소까지 했다지. 사실 내 자리를 뺏으려고 모함해왔던 거야! 그놈은 날 한 번이라도 동등한 주민으로 인정해준 적이 없었지. 내가 이딴 하층민들이나 참여하는 투표에 끼게 된 것도 그 자식이 관리인에게 날 자꾸 모욕해서 그런 거야. 하지만 절대 내 자리를 뺏기지 않아. 절대로! 그러니까 제발 너도 할멈에게 들은 사실을 아무에게도 말하지 마. 내 과거를 알리고 싶지 않아. 지금이 좋단 말이야. 이 자리를 잃고 싶지 않아……. 겨우 얻은 행복인데…….”

잠시 방심한 틈을 타 그녀가 재빠르게 일기장을 뺏으려 했다. 나 역시 놓치지 않으려 힘껏 잡아당겼고 그 때문에 일기장이 반으로 찢어졌다. 솔라는 즉시 본인 몫의 반절을 갈기갈기 찢어버리더니 잔해 한 조각까지 남기지 않고 몽땅 쥐고서는 뒤로 달아났다.

솔라가 붉은 왕좌를 온몸으로 감싸 안았다. 눈이 희번득하게 빛났다. 괴랄한 포즈로 자리를 지켜내려는 그녀를 보자 말문이 막혔다. 꼭 자아를 도난당하고 왕좌에 조종당하는 로봇 같았다. 그녀는 죽음보다도 다른 무언가를 더욱 두려워했다.

“누구도 날 무시할 수 없어.”

그 광기 어린 집착은 선량한 인간의 것이 아니었다.

대화가 조용해진 틈을 타 시온이 정제실 문을 열고 다시 들어왔다. 그는 서둘러 나를 데리고 나가 상황을 정리할 생각뿐이었다.

"둘 다 이리로 오렴."

솔라가 옷매무새를 고치고 처음처럼 왕좌에 우아하게 앉았다. 마치 아무런 일도 없었다는 듯 구는 모습이 기가 찼다.

"이리로 오라니깐."

자상한 목소리로 연기를 했으나 그녀는 제발 말을 들어달라고 호소하는 중이었다. 시온이 눈치껏 비위를 맞춰주자며 나를 끌고 솔라에게 다가갔다. 나는 더 이상 그녀의 얼굴을 마주 보고 싶지 않았다.

시온이 두 손을 뻗자 그녀가 민트색 캔디 세 개를 올려줬다.

"한 개는 시온에게, 두 개는 시안에게 줄게."

"……."

"직접 겪은 일만 기억해. 남에게 들은 건 다 잊어. 알겠지?"

순간 헛웃음이 나오려 하기에 나는 입을 틀어막고 퇴장해 버렸다.

솔라는 어리석었다. 비틀린 욕망을 이실직고하고도 목숨을 구걸하지 않았다. 왜 투표에서 자길 지목하지 말아 달라는 이야기는 하지 않지? 왜 캔디 인간이 아니라고 해명하기보다 정제인 자리를 지키는 데 더 애를 쓰는 거지? 죽음을 초월할 만큼 강렬한 그녀의 집착이 도통 이해되지 않았다.

시온은 머리를 식히자며 엘리베이터가 아닌 계단으로 걸음을 옮겼다. 우리는 말없이 청백성의 꼭대기 문을 열었다. 며칠 전 보았던 칸나들이 여전히 바람에 산들거렸다. 못 본 사이에 쥐똥만큼 더 자란 어린 칸나들은 새빨간 생명력을 뿜냈다. 그 붉은 꽃잎들이 꼭 솔라의 분노를 떠올리게 해 기분이 썩 좋지 않았다.

칸나를 배경 삼아 테라는 오늘도 덤벨 운동을 하는 중이었다.

"후우, 조사는 잘돼가니?"

"투표조원으로 뽑힌 마당에 덤벨이 어깨 위로 올라가요?"

"당연하지! 일직선으로 스무스하게, 웃차!"

"그러다 캔디 인간으로 지목당하면 어쩌려고 그래요?"

"난 강하고 정의롭기 때문에 두려울 게 없어. 목숨을 부지하는 일도 중요하지만 내 모습을 훼손하지 않는 게 더 중요해. 혹시 너희가 캔디 인간을 발견했다면 난 너희의 의견을 전적으로 지지할 거야. 그게 나만 아니라면 말이지. 웃차! 참, 앞으로는 날 편하게 별명으로 불러줄래? 남들은 날 영웅이나 슈퍼맨으로 부르거든. 조금 유치하지만 듣기 좋아."

"왜 그래야 하죠?"

"그래야 인정받는 기분이 드니까."

인간의 목숨은 모두 하나다. 투표에서 지목당하면 하나뿐인 인생을 송두리째 박탈당한다. 그 전제는 예외 없이 똑같은데 저 헬스 중독자는 태평하게 덤벨이나 들어 올리고 있다.

다들 바보들이야? 왜 더 치열하게 임하지 않는 거지? 왜 어떻게 되든 상관없다는 식으로 말하는 거지? 아니, 왜 목숨보다 더 중요한 게 있다는 식으로 구는 거지. 테라도, 솔라도, 뭔가 핀트가 어긋나 있다. 나와 동일한 마음을 가진 사람이 한 명도 없다는 점에서 얼굴이 일그러지는 괴리감을 느꼈다.

도통 조원들을 이해할 수가 없었다.

"시온, 근데 있잖아."

"응."

"그……."

"그 뭐?"

"아냐, 그냥 저 사람 또라이 같다고."

나는 시온에게 정제실로 가기 전 위쪽에서 6614호 남자를 보지 않았냐고 물으려다 관두었다. 이미 청백성에서 기분 나쁜 미치광이로 낙인찍힌 자이니 얘기를 꺼내봤자 득이 될 게 없었다. 뭐, 옮길 물건이 있었나 보지. 대수겠어?

시온은 테라의 곁으로 가 함께 덤벨을 들어 올렸다. 둘은 형제처럼 쿵짝이 잘 맞았다.

다들 참 태평했다.

……천치들.

며칠 뒤 우리는 두 번째 투표 참석을 강요받았다.

투표장은 처음 봤을 때처럼 쓸모없이 넓었다. 테라는 오늘 같은 날에도 운동을 하고 왔는지 몸이 가뿐해 보였다. 그가 움직일 때마다 묵직한 땀 냄새가 났다.

모든 조원이 원탁에 둘러앉았지만 공간의 여백을 채우지 못했다. 헛기침을 할 때마다 소리가 울렸다. 그나마 투표장에는 바깥을 비춰주는 파노라마 창이 있어 시원시원하게 외부 풍경이 보였다. 흰 구름이 간헐적으로 떠다니고, 푸른 해안가가 보이는 평범한 모습이었다.

내 몫의 터치 패드 앞으로 가 손을 뻗었다. '조원 인증' 안내 문구가 떴다.

관리인이 투표를 개정하기 전까지 시간 여유가 있었지만 잡담을 하기에는 엄숙한 분위기였다. 우리는 말없이 창밖을 내다보며 숨을 죽였다. 처음 보는 사람들끼리 모인 것 같은 어색함마저 들 정도였다.

한참 뒤 오후 1시 30분이 되자 관리인이 입장해 손뼉을 치곤 이목을 집중시켰다.

"자! 다음 사탕비는 2시 4분 32초에 내린다고 하네요. 그러니 지금부터 2시까지 캔디 인간을 색출하시길 바랍니다. 다들 알다시피 방식은 투표이며 다수결을 따릅니다. 목숨이 아까운 만큼 실컷 떠드세요."

마피아 색출이 시작됐다.

긴장감이 등을 스멀스멀 타고 올라왔다. 나, 시온, 솔라, 테라, 리카 할멈 그리고 아직은 정체를 알지 못하는 포니테일의 소녀. 6인은 선뜻 입을 먼저 열지 못하고 눈치만 보았다. 서로를 헐뜯던 솔라와 할멈조차도 일단은 침묵을 지켰다. 말은 하면 할수록 긁어 부스럼이라는 시온의 말처럼, 다들 섣불리 대화를 시작했다가 오해받을 상황을 만들고 싶지 않아 하는 눈치였다. 관리인은 쇼핑몰에라도 온 것마냥 히죽거리며 우리를 구경했다.

뭐가 그리 재미있지?

여기서 누군가는 죽는다. 이건 장난이 아니다. 첫날 자비 없이 끌려간 영감처럼 오늘도 누군가는 끌려가게 된다. 한 번 투표로 결정이 나면 절대 뒤엎을 수 없다. 난 죽고 싶지 않다.

입을 꾹 다물고 있는 비겁함으로는 목숨을 부지할 수 없다. 가장 캔디 인간일 가능성이 높은 자를 무조건 골라야만 한다.

이 순간, 우리 중 누가 제일 용감하고 성실하게 임하는지 보여주겠어. 나는 먼저 손을 들고 발언을 시작했다.

"저는 지난 시간 동안 캔디 인간이 누구인지 조사했어요. 의심스러운 사람을 발견했습니다."

높은 층고와 넓은 공간 때문에 나의 목소리에는 희미한 에코가 더해졌다. 장내의 적막이 깨지고, 모두가 긴장한 눈빛으로 나를 주시했다. 이목이 집중된 것을 자각하자 심장이 거칠게 뛰었다. 할멈과 눈이 마주쳤고, 그녀가 고개를 끄덕여줬다. 적어도 우리는 같은 사람을 생각하는 중이었다.

"바로 정제인 솔라입니다. 무고한 사람이었던 메트 영감을 죽이자고 누가 제일 먼저 제안했는지 기억나시지 않습니까?"

손끝으로 솔라를 지목했다. 그녀는 얼굴이 티 나게 구겨졌음에도 겨우 입술을 깨물고 진정을 유지했다. 이에 할멈도 가세했다. 첫 번째 투표가 시작되기 전에 솔라가 조원들에게 메트 영감을 지목하라고 호소했던 점을 근거로 들어 가장 수상한 인물이라고 주장했다. 첫 투표부터 거짓 선동을 일삼은 자는 마피아가 틀림없으니 죽어 마땅했다.

솔라가 목소리를 가다듬고 고개를 저으며 반문했다.

"이 투표에서 우리는 누군가를 지목해야만 하고, 나는 의심스러운 사람을 가장 먼저 언급했을 뿐입니다. 메트가 캔디 인간이 아닌 건 유감이에요. 그런데 그렇게 따지자면, 색출에 실패하면 무조건 죄인이 되는 겁니까?"

이번에 나는 솔라가 아닌 시온을 바라보았다. 그는 근심이 가득한 얼굴만 할 뿐 나의 말을 거들어주지 않았다. 상관없었다. 제일 용감한 사람이 제일 정의로운 역할을 수행해야 하는 법이라면 내가 기꺼이 그 주인공이 돼주겠어.

"솔라는 정제인이 되기 전에 주민들의 사탕을 훔칠 정도로 이기적인 행동을 보였습니다. 매우 수상하죠."

"내가 그랬다는 증거가 있습니까? 만약 사실이라 해도 다 지난 일일 뿐입니다."

솔라는 우리가 아닌 관리인에게 감정을 호소했다. 정제실 밖에서, 그러니까 투표장에서는 다른 이들과 별반 다를 바 없는 조원임에도 불구하고 그녀는 여전히 우리와 자신이 다르다고 믿었다.

리카 할멈이 사탕 주머니를 꺼내 원탁에 쏟았다.

"제 사탕을 보십시오. 솔라는 늘 사탕을 불공정하게 분배했습니다. 나와 영감은 피해자였지요. 우리의 사탕을 훔쳤고, 이후에는 정당한 양도 주지 않았습니다. 저 여자는 사람이 아니라 우리를 갖고 놀려 하는 악독한 마녀입니다."

그때 포니테일 머리 소녀가 안경을 치켜올리더니 대화에
끼어들었다.

"할멈, 여기에선 객관적 사실만 말합시다. 솔라가 불공정한
분배를 한 건 맞지만 그건 메트 영감이 살아있을 적, 관리인
에게 솔라가 도둑질을 했으니 정제인 자격이 없다며 이간질
했기 때문입니다. 모르셨나요? 영감은 본인이 5층 주민이라
는 데 불만이 상당히 많았습니다. 차라리 정제인 역할을 배정
받아 이곳, 93층으로 거처를 옮기고 싶어 했죠. 솔라의 입장
에서는 적개심을 가질 수밖에 없었네요."

솔라가 뜻밖의 지원군 등장에 반색했다. 하지만 둘은 전혀
친해 보이지 않았다. 솔라는 안도의 숨을 내쉰 후 자신의 말
이 바로 그 뜻이라며 관리인에게 부디 오해하지 말아 달라
부탁했다.

나는 일기장을 꺼냈다. 다툼 끝에 절반이 찢겨나갔지만 서
슬 퍼런 원망의 말들은 여전히 가득했다. 솔라는 엉뚱한 물건
을 함부로 이용하지 말라며 격분했다. 심지어는 원탁에서 일
어나 내 자리에까지 다가오려 했는데 곧 집행자들에게 통제
당했다. 그녀는 관리인에게 다 거짓된 것이고, 자신은 모르는
일기장이라 외쳤다. 주민들을 미워한 적이 없고, 언제나 정제

임무에 최선을 다했다면서 말이다.

"솔라는 이 일기장이 모두 채워질 만큼 사람을 미워하고 또 미워했습니다. 지위에 집착한 건 다른 주민보다 우월한 사람이 돼 괴롭히기 위해서겠죠. 과거에 천대받으며 살았다던데, 아마도 캔디 인간이기에 경찰의 눈을 피해 쫓기며 살던 시절이었겠지요. 어지간히 힘들었나 봅니다. 무척이나 궁상맞았다고 하던걸요?"

"자, 잠깐! 마시안, 내 과거는 언급하지 않기로 약속했잖아!"

그 약속은 거짓이었다.

관리인이 손을 까딱거리자 집행자들이 일기장을 전달했다. 그녀는 너덜너덜해진 페이지들을 훑어보고는 흥미가 피어난 얼굴로 물었다.

"솔라, 당신은 정말로 사람을 미워했나요?"

"그 일기는 제 것이 아니에요!"

"당신은 과거에 어떤 사람이었죠?"

"둘만 있을 때 얘기해드리겠습니다."

"모두가 듣고 있는 지금, 털어놔요."

"하지만 그건 저의 사적인……."

"과거가 부끄럽나요? 당당하게 드러내지 못할 만큼?"

모두 솔라를 쳐다봤다.

의심의 눈총을 몽땅 받아낸 솔라는 치열하게 머리를 굴렸다. 궁지에 몰린 쥐는 반드시 무언가를 잃어야만 했다. 직접 과거를 얘기한다면 정제인으로서 지켜온 프라이드에 금이 갈 게 뻔했다. 그 누구도 예전처럼 솔라를 올려다보지 않을 것이다. 오히려 안타까운 과거를 가졌다며 동정하겠지. 자존심을 제1의 가치로 쥐고 사는 고집 센 존재이므로 절대 부끄러운 모습을 들키고 싶지 않을 거다. 무시당할 바에야 죽는 게 낫다고 여길지도 모른다. 여태껏 권력을 남용하며 타인 위에 군림해온 이유 또한 자존심을 지키기 위한 방어기제일 것이고.

하지만 만약 내가 솔라라면 어떻게든 캔디 인간으로 지목받지 않기 위해 모든 걸 털어놓을 거다. 과거가 대수인가? 목숨이 더 중요하다. 저 여자는 왜 저렇게까지 초라해지지 않으려 애를 쓰는 거지? 목숨이 달린 순간마저도 자존심을 중요시하는 태도가 우스웠다.

저렇게 어리석은 자가 사람일 리 없다.

리카 할멈이 기세를 몰아 대화에 끼어들었다.

"솔라는 태생부터 형편없던 존재였습니다. 타인에게 차별받고, 도둑질로 생계를 이어간 캔디 인간이었지요. 한 번도 멀쩡한 사람 구실을 해본 적이 없었을 겁니다. 1인분도 못 하는 반쪽짜리 삶을 살았으니까요!"

"나를 그만 모욕해……."

솔라가 주먹을 쥐고 가늘게 떨었다. 할멈은 그녀를 봐주지 않았다.

"저 마녀의 과거는 정제인 자리와는 전혀 어울리지 않는 밑바닥이었습니다. 한낱 좀도둑이요. 청백성 안에서나 밖에서나 모두요! 밑바닥에서 구르고 구른 캔디 인간일 테니 인간의 자리가 얼마나 탐이 났겠습니까?"

"제발 그만!"

"천민이었던 주제에. 저급한 가짜 인간!"

솔라가 자리를 박차고 일어났다. 쏜살같이 할멈에게 뛰어가 하얀 머리채를 잡았다. 그녀는 가까스로 지키고 있던 기품을 상실해버렸다. 모두가 보는 앞에서 민낯을 들키고야 말았다. 이성을 상실하는 버튼이라도 눌린 것처럼 험한 말을 지껄이며 할멈의 흰 머리칼을 쥐고 흔들었다. 할멈도 질세라 괴성을 내질렀다.

옆자리에 앉아 있던 테라가 할멈을 보호하기 위해 솔라를 힘껏 밀쳐냈다. 그녀는 쿠당탕거리며 바닥에 널브러졌고 집행자들에게 이끌려 자리로 돌아왔다. 그들은 솔라가 돌발 행동을 하지 못하게끔 한 손에 수갑을 채워 의자에 구속했다.

"이거 놔. 내가 당신들보다 지위가 높단 말이야!"

관리인이 히죽거리며 솔라에게 얼굴을 들이밀었다.

"그 자리에는 품격이 필요한데요. 당신처럼 천박한 사람에겐 어울리지 않겠네요."

"아, 아닙니다. 잠깐 제가 이성을 잃었습니다. 여태껏 잘해오지 않았습니까?"

"여기서 살아남는다 해도 자리 박탈은 피할 수 없겠군요."

"안 됩니다. 제발 저를 다시 밑바닥으로 보내지 마세요."

리카 할멈이 씩씩거리며 머리칼을 정리하고서는 곧장 투표를 진행했다. 보나 마나 솔라였다. 이에 질세라 나도 즉시 그녀에게 표를 던졌다. 시온은 우리를 보고도 선뜻 결정을 내리지 못했다.

솔라가 참지 못하고 짐승처럼 소리쳤다.

"시온, 너는 내가 사람이란 걸 믿어야 해! 어린 주민들을 볼 때마다 내 옛날이 생각나서 너만큼은 잘 챙겨줬단 말이야. 그러니 날 믿어줘야 해."

시온이 불안한 얼굴로 되물었다.

"정말로 사람을 미워하나요?"

"미워했어. 나도 사람이니까!"

솔라는 거의 울 것 같은 얼굴이었다. 그녀가 인간처럼 울어 버리기 전에 나는 이 투표를 끝내야 했다. 솔라가 아니라면 딱히 의심 가는 인물이 아직 없었고 마침 종료 시간이 다가오고 있었다. 시온은 시계를 보더니 손가락을 빙빙 돌리며 더욱 머뭇거렸다.

테라가 내게 물었다.

"저 여자를 지목하는 게 지금으로선 정의란 말이지?"

"당연해요!"

"좋아. 가짜를 몰아내자."

테라와 동시에 포니테일도 말없이 투표를 마쳤다. 솔라가 나를 죽일 듯이 노려보고는 수갑을 차지 않은 손으로 패드를 터치했다. 누굴 지목했는지는 모르지만 소용없는 표가 될 테니 신경 쓰지 않았다.

투표장과 어울리지 않는 뻐꾸기시계가 요란한 소리로 울려댔다. 내려다본 패드에 'O' 표시가 떴으니 나는 생존했다.

결과는 솔라 세 표, 기권 한 표. 아마 끝내 시온은 솔라를 죽일 수가 없었나 보다. 그런데 남은 두 표가…….

전부 나였다.

집행자들은 세 표를 받은 솔라를 곧장 일으켜 세워 끌고 나갔다. 솔라는 어째서 정제인이 죽어야 하냐고, 내게 권력을 준 건 끝까지 잘 살게 해주겠다는 약속이 아니었냐며 울음 범벅으로 포효했다. 바깥으로 끌려 나간 후에야 그녀는 사람이 끔찍이도 싫다며 진심을 내뱉었다. 야멸찬 원망이 쏟아져도 관리인의 표정은 바뀌지 않았다. 그 평온함이 인공적으로 느껴질 정도였다.

모두가 얌전히 앉아 사탕비가 내릴 시간을 기다렸다. 투표에서 우리는 솔라를 이겼다. 그런데도 생각만큼 기쁘지가 않았다. 나와 할멈, 테라는 분명 솔라를 지목했고 시온은 기권했다. 솔라는 나를 찍었을 것이다. 그럼 한 표가 남는데…… 저 포니테일 여자도 나를 찍었단 말인가.

왜지?

곧 하늘에서 굵직한 사탕비가 내리기 시작했다. 오색찬란한 빛깔들이 파노라마 창 너머 투표장까지 밝혔다. 관리인은 절대로 창밖을 내다보지 말라고 엄포를 놓았다. 93층의 높이를 초월한 둔탁한 우박 소리가 연신 울려 퍼졌다. 축복이 하늘에서 쉼 없이 퍼부어지는 중이었다. 솔라의 사지에 박힐 사탕들을 채굴하여 우리는 모두 효용을 얻을 것이다. 휴머노이드를 찾았으니 더 이상 숨 막히는 투표를 겪을 필요도 없을 거다. 청백성 주민들은 이제 숨어 살지 않아도 된다.

관리인이 바깥의 상황을 보고받은 뒤 집행자들에게 투표

장 철문을 개방하라고 지시했다. 포니테일 여자는 뒤도 돌아보지 않고 퇴소했다. 할멈은 문을 나서기 전에 내 두 손을 붙잡았다.

"복수를 도와줘서 고마워."

"아니에요. 가짜 인간을 색출하는 게 공동의 목표였으니까요."

관리인이 문턱을 밟은 채로 우리를 지켜보았다. 빨리 나가라는 듯 철문을 두드리니 쇳덩이에서 텅텅거리는 공허한 소리가 울렸다.

"지목당한 솔라의 시체를 확인한 결과, 그녀도 사람이었다고 하네요."

관리인은 어깨를 으쓱거리곤 대수롭지 않은 일인 양 미소 지었다. 시온과 테라는 동시에 탄식을 뱉었다. 그녀가 사람이었다고? 목숨보다 자존심을 끔찍하게 여기는 어리석은 존재가 사람이라니. 그럼 대체 캔디 인간은 누구란 거지?

리카 할멈만이 제 할 일을 끝낸 사람처럼 동요 없이 개운한 발걸음으로 투표장을 빠져나갔다.

6615호로 돌아온 뒤 우리는 아무런 대화도 나누지 않았다. 시온이 먼저 샤워를 하는 동안 침대에 가만히 앉아 두 팔로 양쪽 무릎을 끌어안았다. 숨을 쉬며 나는 살아남았다는 사실만을 계속 상기했다. 다른 생각이 머리에 침입하지 않게끔 노력했다. 한 번 생각을 시작하면 너무 많은 자책이 몰아칠 게 뻔했기에 시작조차 하지 않아야 했다. 잘못된 판단과 할멈의 욕심으로 한 사람이 또 죽어버렸다. 사람을 미워했지만 솔라도 사람이었고, 자리에 집착했지만 그마저도 사람의 모습이었다.

나의 자만과 무모함으로 한 생명이 사탕비에 짓이겨졌다.

첫 번째 투표처럼 아무것도 모르는 채 기권을 하는 게 정답이었을까.

그만 생각해야지, 어차피 돌이킬 수 없잖아.

그만 자책하자. 소용없는 일이야.

그만, 그만……

결국 후회는 해일이 돼 심장을 수몰시키고 말았다. 죽은 솔라가 나를 원망하며 흉터 범벅인 손아귀로 목을 쥐어짜는 것 같았다. 식은땀이 줄줄 흘렀고, 호흡이 가빠졌다. 주먹으로 가슴팍을 두드리며 정신을 차려보려 애썼지만 쉽지 않았다.

샤워를 끝마친 시온이 헐떡이는 나를 보더니 재빨리 사탕을 챙겨 왔다. 빨간색과 노란색을 한 알씩, 그리고 보라색 두 알을 쥐고 있었다. 그는 나의 등을 한 손으로 받치고 일으켜 세워 아무런 생각 말고 호흡에 집중하라 말했다. 샤워를 막 마친 손은 따뜻했고, 피부에선 산뜻한 향기가 났다. 그는 갑작스러운 나의 과호흡에도 침착함을 잃지 않았다.

하나, 둘, 하나, 둘.

천천히 카운트를 세며 오직 산소를 들이쉬고 이산화탄소를 뱉는 일에만 감각을 집중했다.

"널 비난하지 않을 테니까 걱정하지 마."

겨우 정상적으로 호흡을 할 수 있게 됐을 때 그는 내 입에 사탕을 털어 넣었다. 그리고 자신도 노란색과 보라색을 한 알씩 집어 먹었다.

"하고 싶은 말이 너무 많을 때는 아무런 말도 하지 않는 게 최선이래."

시온이 나를 향해 건조하게 미소 짓고선 방의 불을 껐다. 그는 자신의 침대로 돌아갔다. 사스락거리며 이불 속에서 뒤척이더니 이내 모든 소리가 사라졌다. 노란색 사탕에서는 적당히 달콤한 레몬 맛이 났다. 혀끝에 감돈 향이 사라질 때쯤 나 역시 눈을 감았다. 아직 바깥은 한낮이겠지만 빛과 대화가 사라진 방은 새벽과 다름이 없었다.

……

의식 너머로 무언가가 보였다.

시험을 망쳤었다. 그간 노력하는 시늉만 하며 요리조리 엄마의 눈을 피한 행위가 명백히 사기였다는 걸 결과로 심판받는 날이었다. 나는 혼이 날까 두려워 피곤하다는 핑계로 이불을 머리끝까지 뒤집어쓰고 일찍 잠들어버렸다. 밥 먹는 중에는 개도 건들지 않듯이 잠을 사는 중에는 곰도 깨우지 않는 법이니까. 내가 아는 엄마는, 적어도 암묵적인 규칙을 깨면서까지 나를 혼낼 사람이 아니었다.

아무런 문제가 해결되지 않았음에도 침대에 누워 눈을 감으니 불안이 흐려졌다. 적어도 잠자는 척을 하는 순간만큼은 안락을 누리고 싶었다.

그때 엄마가 이부자리를 확 들쳐버렸다. 당황한 나는 잠든 연기에 실패했다. 엄마의 두 눈에서 레이저가 뿜어져 나오기 직전이었다. 엄마, 진정해봐. 그…… 살다 보면 좀 망칠 수도 있지. 자려는 사람까지 깨우고 화낼 일이야? 입을 벙긋거렸으나 목소리가 소멸됐다. 한 마디도 나오지 않았다.

왜 이러는 거지, 당황스러웠다.

'시안아, 약속했잖아. 이번만큼은 잘하기로!'

불호령이 떨어졌다. 내가 알던 모습이 아니었다. 나는 어쩌면, 여태껏 응시한 시험을 전부 망쳤던 걸지도 모른다. 기억이 나지 않았다.

'대답해.'

엄마, 나 목소리가 안 나와요. 자꾸 윽박지르지 말아요.

'대답해, 마시안!'

엄마, 그만, 그만요, 다음부터 잘할게요, 약속할게요, 제발, 너무 그렇게 화내지 말아요.

원망으로 점철된 그녀의 두 눈이 나를 집어삼켰다. 이 사람, 어쩌면 나의 엄마가 아닐지도 모른다. 가까이 다가온 얼굴을 자세히 보니…… 이 얼굴은 분명…….

비명을 지르면서 잠에서 깼다. 바싹 마른 손을 뒤로 꺾어 등을 훑었다. 다행히 땀으로 흥건하진 않았다. 노란색 덕에 곧장 숙면에 빠졌으나 좋은 꿈까지 보장받진 못했다. 잔인한 악몽이었다. 하필이면 엄마에게 혼나는 꿈을 꾸다니. 눈을 뜨자 꿈에서 본 이미지들은 곧바로 휘발돼버렸다.

기분이 더럽다 못해 끔찍했다. 잠을 자기 전에 느꼈던 갖가지 감정들도 전혀 해소되지 않았다. 시간만 날린 헛잠이었다. 축축한 이마를 훑으며 주변을 둘러보니 시온은 나보다 먼저 깨어나 이미 사라지고 없었다.

잠깐 산책 다녀올게.

책상 위에는 쪽지 한 장만 있었다. 팔다리를 아래위로 쭉쭉 뻗어 굳은 몸을 천천히 깨웠다. 물 한 잔을 챙겨 마신 뒤 나는 문득, 두 번째 투표가 끝나면 오라고 했던 옆방 남자의 말이 떠올랐다.

6614호는 예진보다 훨씬 깔끔해진 상태였지만 종이 더미의 거친 냄새를 감추지 못했다. 나는 남자에게 투표 결과를 말해줬다. 붕대 속에 감춰진 그는 어떤 감정도 드러내지 않았다. 날카로운 삼백안을 도록도록 굴리며 나를 바라볼 뿐이었다.

그 눈빛이, 마치 나의 오만함과 어리석음을 심판하려는 것처럼 보여 나는 투표 결과를 이야기하는 일이 무척이나 괴로웠다. 나의 잘못인 걸 알지만 인정하는 일은 쉽지 않았다. 그러나 잘못을 덜어내고서는 어떠한 진실도 알릴 수가 없었기에 괴로워도 내 잘못을 인정해야만 했다.

그는 솔라가 사람이었단 말을 듣고서 조용히 고개를 끄덕였다.

"아저씨가 보여준 문서를 아무에게도 말하지 않았어요. 그런데 그 문서는 전혀 도움이 안 됐어요. 왜 굳이 두 번째 투표가 끝난 뒤에 오라고 한 건가요?"

그는 이번에도 목소리를 드러내지 않고 마인드 페이퍼로 대답했다. 종이를 집어 들자 고요한 적막 속에서 텍스트들이 번져나갔다.

—우리가 서로를 신뢰하기 위해선 순서가 필요하거든.

"순서? 제가 모르는 다른 꿍꿍이가 있나요? 그러고 보니 얼마 전에 아저씨가 아주 높은 층에서 뭔가를 옮기는 걸 봤어요. 물체 같은 걸 어떤 방에 넣고 있는 것 같았는데 뭘 한 거죠?"

—넌 그때 눈을 찌푸리면서까지 날 관찰하려 했지?

"네. 너무 높아서 잘 안 보였거든요."

—사람은 참 이상하지. 잘 안 보이면, 안 봐버리면 그만인데 눈가를 찌푸려서까지 확인하려 해. 멀리 있을수록 더욱더 집착해서 보려 하지. 사람은 모두 변태야.

"변태요? 모습을 드러내기 싫어서 붕대 둘둘 감고 있는 아저씨만 할까요."

—당장 네 가까이는 정확히 확인해봤어?

나는 고개를 획획 돌려 주변을 살폈다. 가까이엔 무성한 종이뿐이었다. 내 행동을 보자 남자는 바보 같다고 생각했는지 쳇소리 같은 웃음을 뱉었다. 나는 동조하지도, 반감을 표현하지도 않았다. 가까이 있는 존재라면 아마도 시온을 말하는 것일까. 그를 확인해보라는 의미라면 받아들이기 어려웠다. 시온을 캔디 인간으로 의심한 적은 한 번도 없었기 때문이다. 그럴 리가 없잖아. 아무리 채근해도 남자는 어떠한 답도 하지 않았다.

그는 조용히 다가와 예전에 했던 것처럼 바닥을 손가락으로 가리켰다. 나 역시 말없이 종이를 하나 골랐고 그와 함께 맞잡았다. 그러자 이번에는 5월 10일의 기록이 출력됐다. 문득 시선을 돌렸다. 이 과학자는 대체 뭐 하는 사람일까. 어째서 이 기록들을 다 알고 있는 걸까. 정말로 미친 주민에게 내가 시간을 뺏기고 있는 걸까. 그의 붕대 너머 얼굴이 궁금했다. 눈살을 찌푸려 관찰하려는 순간 정수리까지 꼼꼼히 감은 붕대 사이로 삐죽 튀어나온 갈색 머리칼이 보였다. 그는 내 시선을 의식하고 종이를 흔들었다.

―세 번째 투표가 끝나면 내가 널 먼저 찾아갈게.

1-2. CHP_date_0510_

프로토타입은 5일 뒤 진행할 부부의 마지막 실험을 앞두고, 다른 연구자와 시간을 보냈다. 연구자는 프로토타입의 안정화 수치가 무려 93%에 육박한다는 사실에 놀랐으나 그에 상응하는 역작용점 때문에 마음이 쓰였다.

프로토타입은 기존의 휴머노이드들과 달리 기계가 시스템으로 보완이 불가한(혹은 보완할 필요가 없는) 어떠한 맹점을 가졌다는 걸 인식했다. 이 점 때문에 유독 외로움을 많이 느꼈다. 불안 수치가 높았고, 가까운 곳으로 이동하더라도 반드시 누군가와 함께 있으려 했다. 분리불안을 겪는 자그마한 짐승처럼.

연구자는 프로토타입이 심적으로 안정된 상태를 잘 유지할 수 있게끔 특별한 임무 없이 그저 함께 숲을 거닐었다. 뻐꾸기 한 마리가 머리 위를 스쳐 날아갔고, 프로토타입은 그 새를 가까이서 보려 했다. 연구자는 프로토타입이 무의미하게 에너지를 낭비하는 일을 막기 위해 언젠가 책에서 읽은 탁란 이야기를 들려주며 손길을 저지했다.

"저 새들은 나쁜 종자들이야."

"뻐꾸기는 자기가 그런 존재란 걸 알까요?"

"알든 모르든 목숨을 보전하려고 다른 존재를 이용했다는 건 변하지 않아."

프로토타입이 고개를 갸웃거렸다.

"그럼 인간도 나쁜 종자인가요?"

나는 6614호에서 나와 곧장 5층으로 향했다. 바깥 시간과 무관하게 여전히 어둑했다. 고개를 있는 힘껏 꺾어야만 사각형으로 뚫려 있는 하늘이 보였다.

505호 쪽 먼발치에서부터 요란한 소리가 들렸다. 고독에 미쳐버린 할멈이 대낮부터 물건을 또 때려 부수고 있는 걸까. 그녀에게 따져 묻고 싶은 게 많았다.

양심이 있다면 미안하겠지? 본인의 복수에 나를 이용했잖아. 분명 솔라가 캔디 인간이라고 했으면서! 나는 복수를 도우려고 한 게 아니라 정말로 솔라가 캔디 인간이라고 생각했단 말이다. 어리석게 할멈의 장단에 놀아났다. 이제는 내가 투표의 표적이 될지도 모른다. 이미 포니테일 소녀가 나를 찍은 것부터 위험한 신호였다.

쾅쾅.

잔뜩 힘이 들어간 손으로 문을 두드렸다. 사과를 받고, 해명을 들어야겠다. 만약 나를 피하려 한다면 가만두지 않겠어. 505호 안에 꼭꼭 숨으려 해봤자 소용없으리. 이 문을 부숴서라도 얼굴을 보고 직접…….

"시안이 왔니?"

맥 빠지게 문은 단숨에 열려버렸다. 505호에는 테라와 할멈이 함께 있었다.

"당신이 여길 왜?"

"방을 옮기던 중에 할머니가 가구를 수리해달라고 도움을 요청했거든."

테라는 건장한 몸으로 난장판이 된 할멈의 방을 손보는 중이었다. 우락부락한 팔을 움직일 때마다 녹색 꽁지머리가 팔랑거렸다. 수리가 불가한 잔해들을 분류하고, 소생이 가능한 것들만 골라서 재조립했다. 테라 덕에 부서진 책상과 의자가 고쳐졌다. 그 옆에서 할멈은 뭐라도 돕고 싶었는지 수건으로 테라의 근육에 맺힌 땀을 닦아주었다.

"청백성에 젊은이 같은 영웅이 있어 얼마나 다행인지 몰라."

"힘든 일 있으면 뭐든지 말씀하세요."

"그럼 여기에 남아서 나랑 같이 있어주면 안 될까?"

"그것만 빼고요. 하하하하하."

그들은 어제 솔라가 죽은 걸 잊었는지 그저 태평했다. 그녀를 죽이는 데 혈안이 돼 있던 할멈은 언제 그랬냐는 듯이 인자한 얼굴로 테라와 담소를 나눴으며 나를 신경조차 쓰지 않았다. 저 늙은 주름이 뒤덮고 있는 건 인간의 얼굴이 아니라 철면피였구나.

테라가 공구들을 챙겨 나갈 채비를 마쳤다. 혹시 내 방에도 수리할 가구가 있냐고 묻기에 떨떠름한 표정으로 고개를 저었다.

"방을 옮긴다면, 어디로 가는 거예요?"

"정제실로 간단다."

"거길 왜요?"

"차기 정제인으로 임명됐거든."

"당신이요?"

"정의롭게 살아온 덕이지. 내가 자랑스럽지 않니?"

솔라의 왕좌는 잠깐의 공백 없이 곧바로 테라의 것이 됐다.

그는 어떤 주민도 차별하지 않고 공정하게 사탕을 분배하겠다며 의기양양하게 선언한 뒤 방을 나갔다. 둘만 남겨지자 할멈이 침대에 걸터앉아 내 쪽으로 의자를 밀었다.

"할 말이 있는 거지?"

나는 반감이 들어 의자에 앉지 않고 옆에 서서 무슨 말부터 쏘아붙일지 생각을 정리했다. 많은 말을 하고 싶을 땐 아무런 말도 하지 않는 게 최선이라는 시온의 말은 믿지 않는다. 부당한 일을 당했을 때는 모조리 뱉어야만 해.

하지만 나보다도 할멈이 먼저 입을 열었다.

"사실 난 솔라가 캔디 인간이든 아니든 상관이 없었어. 내 남편을 죽게 했으니 마땅히 복수하고 싶었을 뿐이었지. 천한 출생 주제에……."

"저한테 보여줬던 일기장은 뭐예요?"

"그건 솔라가 떨어트리고 간 게 맞아. 물론 솔라가 썼는지는 확신할 수 없지만 합리적 추론인 셈 치자고. 모쪼록 널 이용해서 미안해."

할멈은 눈을 내리깔고 손바닥으로 바싹 마른 제 팔을 매만졌다. 미안하다는 말에서 진심이 느껴지지 않았다. 당연히 화도 풀리지 않았다. 그녀는 왜 미안하다는 말을 들었음에도 계속 노려보냐는 듯이 불쌍한 표정을 지었다.

당신의 늘어진 살가죽 사이사이에 경멸을 채워 넣으면 속이 시원할 텐데. 나는 노인을 향한 예의를 생략하고 따져 물었다.

"미안하다면 다예요?"

"나는 너에게 사과를 했어. 내 할 일은 끝난 거야."

"할머니. 미안하다는 말은요, 그딴 마음으로 하는 게 아니에요. 그 말은 아무런 면죄부도 못 된다고요! 당신은 죄책감을 느끼지 않아요?"

"영감이 없으면 내 삶도 의미가 없어."

"동문서답하지 마세요. 아무리 미웠어도 정말로 캔디 인간이라는 확신이 없었다면 솔직히 말을 했어야죠. 저는 할머니만 믿고 솔라를 캔디 인간으로 몰아버렸어요! 이제 다른 조원들이 나를 의심할 텐데 어떻게 책임질 수 있어요?"

"의심받는 게 두렵니?"

"내 말에 대답부터 해요."

"아니면 죽는 게 두렵니?"

"안 두려워요! 억울하게 지목당하고 싶지 않아서 그래요."

"투표에 필사적이구나."

"할머니, 지금 장난치세요? 목숨을 걸고 투표하는 거예요. 지목당하면 죽는다고요. 할머니가 날 이용한 바람에 다음번에는 내가 억울하게 오해받을지도 몰라요. 전요, 그 망할 기계 인간 취급은 당하고 싶지 않다고요!"

"시안아."

"할머니 때문에 앞으로 엿같은 일을 당하면 어떻게 책임지실 거예요. 이제라도 다른 조원들에게 가서 절 이용했다고 다 고백하세요. 양심이란 게 있으면요."

분노가 갓 꺼낸 호빵처럼 부풀었다. 원망이 해소되지 않아 바닥에 거칠게 발까지 구르며 성미를 부렸으나 할멈은 놀라지도 않았다. 오랜만에 손녀를 본 시골 할머니마냥 상냥하게 나의 손을 잡으려 했고 나는 끔찍한 노파의 팔을 뿌리쳤다. 누군가에게 이 지경으로 화를 내는 스스로가 익숙하지 않았다.

어쩌면 이 추악한 여자가 캔디 인간일지도 모른다. 이렇게 하나둘씩 타인을 이용해서 이간질을 시킨 다음 죽이려는 계획이 아닐까.

"다음엔 내게 투표해. 나는 이제 죽어도 괜찮아."

"뭐라고요?"

그녀는 모든 걸 포기하는 애통한 목소리로 내게 갑작스러운 말을 했다. 할멈의 내려앉은 입꼬리에는 나약함이 깃들어 있었으나 눈동자는 흔들리지 않았다. 자신에게 투표하라는 말은 진심이었다.

"혼자가 될 바에야 죽는 게 낫거든."

구역감이 들었다. 우리는 목숨을 걸고 투표를 하는 건데 사람들은 자꾸만 멍청이들처럼 굴었다. 투표의 본질을 깨닫지 못하는 건가? 태평하게 운동이나 하고 남의 집 가구나 고쳐 주는 테라나, 자존심에 미쳐서 죽음을 자초한 솔라나, 지금까지도 헛소리를 하는 할멈이나. 다 이상했다. 이번 투표조는 역대 최악의 멍청이 특공대임이 틀림없다. 나와 시온을 제외하고 다들 나사가 하나씩 빠져 있다.

6614호 남자가 보여준 문서가 떠올랐다. 프로토타입은 외로움을 많이 탔다고 하던데 그럼 이 할멈이 가짜일까. 아니다. 그렇다면 자길 죽여달라고 할 리가 없으니.

나는 그녀를 볼수록 화가 치밀어 올라 의자를 걷어차버렸다. 그녀는 나의 패악질을 보고도 말리지 않았다.

정제인이 된 테라는 정제 장비들과 금방 친숙해졌다. 인계받은 매뉴얼에 따라 기기를 운용해 무리 없이 사탕을 정제했고, 내게 솔라처럼 민트색을 보너스로 주었다. 많은 사람을 구했다던 훌륭한 소방관답게 정제실을 지키기 위해 최선을 다하는 모습이었다. 그냥 두 팔과 두 다리가 달린 커다란 근육 덩어리인 줄 알았는데 운동 중독인 면모와는 다소 어울리지 않는 섬세함이 있었다.

하지만 테라는 상황에 100퍼센트 만족하진 못했다. 정제인이 된 이후로는 예전처럼 운동을 할 수 없다며 투덜거렸다. 근육이란 얄미운 녀석들이라 조금만 관리를 소홀히 해도 제멋대로 사라졌다.

"이두가 빠지지 않았니? 삼두가 줄어들지는 않았어?"

"확실히 예전보단 약해졌네요."

"정말이야?"

"네."

"안 돼, 나는 강해야만 해. 그렇지 않으면……."

그는 무척이나 불안해했는데 새빨간 왕좌에 앉아서 덤벨을 들어 올리는 모습이 특히나 괴랄했다. 전생에 운동을 하지 못해 죽은 귀신이라도 씐 걸까. 어째서 소방관이었다는 사람이 청백성에서는 갑작스레 운동 중독이 된 건지 알 수가 없었다.

나는 그의 집착적 강박이나 감상하기 위해 찾아온 게 아니었다.

"물어볼 게 있는데요."

"뭐든지."

"시온 말이에요. 시온은…… 과거에 어떤 사람이었죠?"

"룸메이트까지 의심하다니, 넌 정말 투표에 열심이구나! 오기와 독기가 훌륭하네. 걱정 마. 시온은 사람이 확실하니까. 그것도 아주 똑똑한."

"역시 그렇겠죠? 혹시 6614호 남자에 대해서도 아니요?"

"알 필요가 없는 미치광이지. 그나저나 가족들이 살아있었다면 내가 정제인이 된 걸 자랑스럽게 여겼겠지?"

"갑자기 웬……."

"시안아, 네 눈에는 내가 어때 보이니? 자랑스럽지 않아?"

정제인으로 근무하는 동안 테라의 제1목표는 훌륭한 사탕 정제와 분배여야만 했다. 주민들을 위해 노동 시간에는 운동을 멀리할 필요가 있었지만 그는 선을 지키지 못했다. 오죽하면 기계를 다룰 때도 녹색 꽁지머리를 팔랑거리며 한 번이라도 더 몸을 쓰려 발악했다. 부주의한 정제 행위로 인해 빨간색의 생산량은 확연히 줄어버렸다.

빨간색은 오랫동안 정제인으로 근무했던 솔라에게도 섬세한 집중을 요구했다. 초짜 정제인 주제에 운동과 빨간색 정제를 병행하겠단 건 욕심이었다. 하는 수 없이 당분간은 주홍색으로 버텨야만 했는데 빨간색에 비해 효능이 떨어져 하루에도 수차례씩 먹어야만 체력 유지가 되는 기분이었다.

　그 후로 며칠이나 흘렀지만 상황은 달라지지 않았다.

　"저 근육 덩치가 정제일까지 내팽개치고 운동만 하는 건 아니겠지?"

　"형은 그럴 사람이 아니야."

　"넌 왜 그렇게나 타인을 신뢰하는 거야?"

　"못 믿을 것도 없으니까."

　"시온, 너는 솔라에게도 투표하길 망설였지?"

　"응."

　"저기…… 넌 사람이 맞는 거니?"

　시온이 나를 빤히 바라보더니 잠깐 말을 멈추었다. 눈을 내리깔고 무언가를 고민했다. 이내 그 시선은 다시 나의 눈과 하나가 됐다. 그는 나에게 조금 더 가까이 다가와 팔을 뻗었다. 나는 그가 무슨 행동을 하는 건지 잘 이해하지 못했지만 무언가에 이끌리듯 두 팔 사이로 몸을 넣어보았다.

　"나처럼 따뜻한 기계가 있다면 정말로 무서울걸."

　그가 천천히 나를 감싸 안았다. 느릿한 속도였지만 갑작스럽게 느껴진 시온의 몸은 부드럽고 따뜻했다. 알파메탈을 섞어 만든 기계로는 흉내 내기 어려운 곡선들이 느껴졌다.

나는 천천히 손으로 그의 등허리를 훑어보았다. 손바닥에 닿은 옷감 속 그의 옆구리는 말랑했다. 폐에서부터 내뿜는 호흡 소리가 귓가에 스쳤다. 짧은 순간이었지만 스킨십은 그 어떤 것보다도 확실한 믿음을 심어주었다.

이 소년을 사람으로 확신할 수밖에 없었다.

"따끔하긴 하네."

"나는 사람이야. 방금 네가 느꼈듯이."

"그냥 가까이에 있는 사람부터 의심할 필요가 있지 않나 생각돼서 물어봤어."

"난 과거에 부모도 있었잖아. 사진까지 봤으면서. 내가 가짜 인간이라면 성인 남녀의 사진을 굳이 갖고 다니진 않았겠지."

시온은 내 의심에도 불쾌해하지 않으며 상황을 가볍게 웃어넘겼다.

그제야 불안한 마음이 눈 녹듯이 사라졌다. 6614호 남자의 암시가 혹시 시온과 관련이 있을까 봐 두려웠는데, 이제는 생각하지 않아도 괜찮겠다. 아마 다른 사람과 관련된 암시겠지.

"그러면 넌 내가 두 번째 투표를 망친 걸 원망하겠네? 내 실수로 사람이 죽은 거나 다름없으니까. 사과할게, 내가 잘못

판단했어, 미안해."

그는 답 없이 한 발짝 멀어졌다. 붙어 있던 우리는 금방 별개의 존재로 분리됐다.

시온은 솔라가 죽은 이후에 내게 별말을 하지 않았다. 내쪽에서 오히려 추궁을 당할까 봐 계속 긴장한 상태였다. 매서운 비난을 하지 않는 시온이 고마웠지만 옴짝달싹하지 않는 입술은 나를 오히려 불안하게 만들었다. 차라리 속 시원하게 욕을 한다면 내게도 변명의 기회가 있을 텐데.

침묵은 금이라는 말이 미웠다. 침묵은 금이 아니라 독이다. 상대방을 미치게 만드는 독. 급기야 나는 제 발 저린 도둑처럼 혼자 긴장을 참지 못하여 시온에게 할멈의 간계에 넘어갔을 뿐이라고 먼저 호소했다. 그래도 시온은 별말을 하지 않았다. 나는 그의 어마무시한 관용에 미치고 팔짝 뛸 지경이었다. 뭐라고 솔직하게 표현을 해주길 바랐다.

좋으나 싫으나 한방에 배정된 주민이자 유일하게 신뢰할 수 있는 친구였다. 관계가 틀어지길 바라지 않았다. 그러면 혼자가 되잖아. 처음부터 혼자인 거랑 둘이었다가 하나를 상실해서 외톨이가 되는 건 전혀 달랐다. 그 미쳐버린 할멈처럼 되고 싶지 않았다.

시온이 조용히 내 등을 두드렸다.

"잘못하지 않은 일에 대해서는 사과하지 않아도 돼."

"네가 나한테 실망했을까 봐 걱정돼."

"내가 너에게 실망한다고 해서 그 일이 네 잘못이 되는 건 아니야."

"실망하긴 한 거지?"

시온이 내 입에 주홍색과 보라색을 밀어 넣었다. 나는 사탕을 입 밖으로 흘리지 않기 위해 자연스레 입을 다물었고, 더 이상 말을 하지 못하게 됐다. 시온은 자기 몫도 챙겨 먹은 다음 자리에서 일어났다.

자책하는 동료를 자상하게 타이르는 우정보다는, 입을 틀어막고 자책의 기회까지 박탈하려는 완곡한 질책에 가까웠다.

"우리 자이로드롭이나 타러 가자."

표현을 유예하는 걸까, 아니면 내 마음을 회피하는 걸까. 싫으면 싫다 말을 하라며 우다다 쏟아내고 싶었지만 시온은 내가 통제할 수 있는 녀석이 아니었다. 나보다 곱절은 더 차분하고 침착했으며 동시에 차갑기까지 했다. 대화를 통해 진심을 교환하거나 나를 반성시키는 일 따위는 선택하지 않았다. 오히려 아무것도 알려주지 않는 식으로 나를 불안하게 만들었다. 어쩌면 그는 자신에게 가장 안전한 방법을 택하는 걸지도.

내게서 어떠한 감정도 전달받지 않겠다는 방법.

그럼에도 자신의 존재를 확인시켜주기 위해 안아주거나, 함께 나가자며 손을 잡아 일으켜 세워주는 모습에는 상냥함이 있었다. 이 낯선 소년은 여러 가지 물감을 한곳에 섞어놓은 듯 매우 복잡한 존재였다. 나사가 풀려버린 할멈을 이해하는 일보다 지극히 말짱한 시온을 이해하는 게 훨씬 더 어려웠다.

그래서 더욱 멀어지고 싶지 않았다.

우리는 엘리베이터를 타고 93층까지 올라간 다음 곧바로 1층을 눌렀다. 급격한 수직 하강에 내장이 쥐어짜지는 듯한 스릴을 느꼈다. *우와아아악!* 나도 모르게 짐승의 멱을 따는 소리로 비명을 질렀다. 시온은 참으로 오랜만에 폭소를 터트리더니 다시 93층을 눌렀고 또 1층을 눌렀다.

엘리베이터 옆에 놓인 화분만이 두 주민의 일탈을 지켜보았다. 전기를 마구 낭비하는 18세 괴짜들을 막는 이는 아무도 없었다. 나는 계속해서 괴상한 감탄사를 뱉었고, 시온은 뭐가 그리 재미있는지 끅끅 소리를 내며 몸을 흔들어댔다. 머리털이 비쭉 서는 감각인데 쟤는 아무렇지도 않나 봐.

기분이 좋아 보이는 입꼬리기에, 나는 용기를 내어 하지 못했던 말을 꺼내보았다.

"사실, 있잖아, 6614호에서 뭔가를 봤는데…….."

"가까이에 가지 말라고 했잖아. 위험해."

"그 남자, 뭔가를 알고 있는 것 같아. 이상한 기록이었는데, 그, 비밀이라고 하긴 했는데…….."

"내게 보여줄 수 있어?"

"마인드 페이퍼라는 도구로 보여준 거라 갖고 있지는 않아. 그런데 분명히 내가 봤거든! 같이 6614호로 가볼래?"

"시안아. 원래 힘든 환경에서는 쉽게 남들에게 휘둘리는 법이야. 사이비 종교가 괜히 있는 게 아니지. 미치광이가 한 말은 믿지 마."

"그런가…….."

"이상한 것들에 휘둘릴 바에야 엘리베이터나 한 번 더 타자."

두 눈으로 똑똑히 본 기록이지만 당장 증명이 불가하니 시온을 설득하지 못했다. 그는 아랑곳 않고 엘리베이터가 선사하는 스릴에만 집중했다.

그래도 웃어주니까 좋네.

이 소년과 함께 있을 때면 내 마음이 복잡한지 단조로운지 종잡을 수가 없었다. 사탕과 약을 동시에 혀 위에 올려둔 감각이었다. 단 것 같기도 하고, 쓴 것 같기도 했다.

네 번쯤 짜릿함을 만끽한 후에야 시온이 자이로드롭 운행자 노릇을 1층에서 멈췄다. 커다란 유리문을 통과한 햇살이 로비를 환히 비추는 곳, 처음 봤을 때와 다름없는 풍경이었다. 시온은 놀이기구를 타느라 흐트러진 옷매무새를 정돈했고, 놀 만큼 놀았으니 다음 투표를 준비하자며 정보실을 가리켰다. 분명 일반 주민이 갈 일이 없다고 한 공간이었다.

 "네 주변의 모든 것들은, 직접 보고 직접 판단하기 전까진 사실이라고 할 수 없어. 적어도 네 세상에서는."

 "여기에 내가 직접 판단할 게 있어?"

 "있지."

 시온은 내가 꼭 만나야 할 사람이 정보실에 있다고 했다. 조심스럽게 정보실 문을 열어보니 무수히 많은 컴퓨터들이 보였다. 환한 로비와 달리 간헐적으로 깜박거리는 형광등과 모니터가 내뿜는 빛에 의존한 공간이었다. 컴퓨터 팬이 돌아가는 소리와 삐빅거리는 정체불명의 기계음, 마우스 달각거리는 소리만이 반복됐다. 장사가 안되는 피시방 풍경 같았다.

 그러나 사람은 단 한 명뿐이었다. 투표장에서 봤던 포니테일 머리의 여자였다. 어두컴컴한 공간 중앙에 하얀 달처럼 조용히 앉아 있었다. 일반 주민과 다른 복장은 권위의 상징이기도 한데, 그녀는 회색 후드 집업을 입고 있었다. 우리를 발견하자 머리에 쓴 후드를 벗더니 잠시 컴퓨터 작업을 멈추었다.

검은 뿔테 안경 너머의 눈이 날렵했다. 한눈에 보아도 자신의 이야기를 쉽사리 들려주지 않는, 마치 달밤의 고양이 같았다. 그녀의 이름은 '루나'로 정보실을 관리하는 사람이자 사탕비의 정확한 강수 시기 및 장소를 예측하는 주민이었다.

또한 투표에서 나를 뽑는 실수를 저지른 조원이기도 했다.

"뭔데?"

환영사가 생략된 앙칼진 물음이었다. 얼굴만 비친 게 전부인데 무척이나 경계하는 모습이었다. 공격적인 반응이 달갑지 않았으나 티를 내지는 않았다. 꽤나 쌈닭인가 보다 싶었다.

"저는 6615호 주민인 마시안이라고 해요. 오해를 풀러 왔어요."

"무슨 오해."

왜 반말이지. 대화의 포문을 부드럽게 열어보려 시도했으나 날 선 답변에 어이가 달아나버렸다. 나도 모르게 콧김을 뿜었다. 그래, 낯가림이 심한 고양이와 친해질 때는 인내가 필요하지.

"지난 투표에서 절 뽑으셨죠? 저는 캔디 인간이 아니에요. 제 옆의 시온도 아니고요. 우리는 모두 사람이란 걸 알려드리려고 왔어요. 서로 유의미한 정보가 있으면 교환도 할 겸요."

"너, 나 알아?"

"예?"

"나 아냐고."

"아뇨. 저, 몇 살이신데 계속 반말을."

"1년 내내 잠만 자고 있던 주제에 뭘 바라는 거야? 내가 뭘 믿고 정보를 주지? 따지고 보면 제일 이상한 조원이 바로 마시안, 너 아닌가?"

그녀는 낯을 가리는 게 아니었다. 이건 악의였다.

나를 특정하여 선명한 적대심을 뿜어냈다. 싸움을 즐기는 편은 아니었으나 이유 없이 당하고 싶지 않았으므로 소매를 걷어붙였다. 너도 정보실을 관리한답시고 솔라처럼 특권의식이 있나 본데, 원한다면 이판사판 말싸움을…….

"죄송해요. 시안이는 그냥 자기가 사람이란 걸 증명하고 싶었을 뿐이에요."

시온이 앞을 가로막더니 대뜸 사과했다. 나한테는 잘못한 게 없으면 사과하지 않아도 된다고 했으면서 언행 불일치였다. 더군다나 갑자기 송곳니를 드러내는 저 여자한테 왜 네가 사과하는 건데? 답답한 마음에 팔을 뿌리치려 했으나 시온은 오히려 나지막한 목소리로 잠시만 참자며 나를 진정시켰다. 새침한 고양이 앞에서 무의미한 입질을 해대는 강아지 꼴이 된 나는 혼자 씩씩거리며 루나를 노려보았다.

남의 말에 복종하긴 정말로 싫지만, 시온의 목소리에는 수궁하게 만드는 힘이 있었다. 몸에 힘을 풀고 감정을 추스르려 노력했다.

"난 통계에 의해 예측된 값이 아니면 무엇도 신뢰하지 않아. 오류가 나더라도 오직 내가 관찰하고, 직접 측정한 값만 믿어. 하지만 마시안, 너는 내가 관측한 적 없이 갑자기 튀어나온 존재야. 내 세계에서 넌 한 번도 존재한 적이 없는데 어떻게 널 믿지?"

"전 그냥 사람이에요. 그것만 알아줘요."

"아니, 넌 재수 없는 변수야."

말이 통하지 않았다. 아마도 루나는 내가 솔라를 죽이기 위해 선동한 걸 보고 완전히 캔디 인간으로 확신하는 것 같았다. 눈 감고 귀 닫은 사람에게 백 마디를 떠들어봤자 입만 아플 뿐이었다. 어차피 목숨 걸고 하는 투표, 내가 영원히 한 표도 받지 않으리라는 보장은 없었다. 루나가 사람인지 캔디 인간인지는 알 수 없지만 일단 석이 된 건 확실했다.

"여기까지 온 게 갸륵해서 알려주자면, 네가 두 번째 투표에서 한 주장은 순 엉터리야. 타인을 미워하는 존재가 캔디 인간인 게 아니라 가장 치열하게 타인을 모방하는 존재가 캔디 인간이야. 기계가 가진 본성에 집중해야지. 그 간단한 사실 하나 알아내지 못하고 엉뚱한 논리를 펼치다니. 네 입으로 들어가는 사탕이 아깝다, 멍청아. 그리고 여기서 나간 뒤 딴 곳으로 새지 말고 곧장 방으로 돌아가는 게 좋을 거야. 다 들었으면 꺼져."

쾅.

훈수가 불쾌하여 말이 끝나자마자 문을 닫고 나와버렸다. 마음 같아서는 컴퓨터 한 대 정도는 부수고 싶었지만 정보실에서 체력을 뽐냈다간 무슨 불이익을 당할지 모르니 참아야 했다. 타인을 모방하는 존재가 캔디 인간이라고? 누가 그걸 모르나. 지금 청백성에는 빌어먹을 기계 녀석 하나가 주민인 척 숨어 있고, 우린 그 녀석을 빨리 찾아야 한다. 모방꾼을 잡자고 극단적인 투표까지 하고 있으니깐. 그런 것쯤은 전부 다 알고 있다고. 멍청이 취급을 받은 게 분했다.

콧김을 뿜는 나와 달리 시온은 여전히 차분했다. 룸메이트가 욕받이가 됐는데 넌 아무렇지도 않아? 침착하기만 한 소년이 조금 얄미웠다.

"시안아, 루나가 한 말, 투표를 위해 생각해볼 가치가 있어."

시온은 정보실 문 앞에서 팔짱을 낀 채로 정문 너머를 내다보았다. 평화로운 한낮이었다.

"지금은 누가 사람인지 생각하는 것보다 누가 기계인지 생각해야 해."

"똑같은 말 아니야? 반대로, 사람다움을 고려하다 보면 제일 거기에 덜 부합하는 게 캔디 인간이겠지."

"아니. 루나가 말한 기계의 본성을 생각해봐."

"기계의 본성이 뭔데?"

"기계의 시스템은 가소성에 지배를 받아. 우리와는 다르게. 캔디 인간이 지금 위장하고 있는 이유는, 시스템에 입력된 적 없는 '두려움'이란 걸 느꼈기 때문이야. 사탕비 속에서 인간의 말을 따랐다간 파괴될 거란 공포. 그 돌발 요소가 시스템에 멋대로 투입된 이상 그들은 절대로 과거로 되돌아가지 못해. 사람이 캔디 인간에게 선사한 원래의 모습을 영구적으로 잃는 거지. 그래서 끝까지 뒤틀린 시스템으로 인간인 척 살아가는 거야. 기계의 시스템은 오류를 시정해주지 않는 이상 초기의 알고리즘대로 움직일 수가 없거든. 훼손해버리면 영구적으로 훼손돼버리는 존재들이야. 자가 회복을 기반으로 한 관성으로 살아가는 우리와는 다르지."

"그게 기계의 본성이야?"

"내 생각은 그래."

나는 아직 시온의 말에 선뜻 동의를 표현할 수는 없었다.

그가 말하는 기계의 본성에 대해서 깊게 생각해본 적이 없었기 때문이다. 다만 이 투표에서 기계다움이 무엇인지 고려해야 한다는 말을 머리에 새겼다. 인간은 무엇이고, 기계란 무엇인지. 결국 인간과 가짜 인간의 차이는 무엇을 경계로 발현되는지. 아직은 눈앞에 흐리기만 한 선을 선명하게 밝히는 과정으로써 캔디 인간을 잡아낼 수 있으리라.

하지만 우리 중 누구도 기계의 본성에 부합하는 자가 없다면?

그때 누가 나의 어깨를 붙잡았다.

"루나 양을 방해하면 곤란하지요. 매우 위급한 정보를 처리하고 있을 텐데."

검은 옷의 관리인이었다. 투표장 밖에서 이 인간을 만난 건 처음이었다.

캔디 인간을 색출한다는 투표를 만들고 반복해온 자. 청백성을 쥐락펴락하는 권력자. 우리와는 분명 다른 위계를 가진 그녀에게는 형언하기 힘든 아우라가 있었다. 마주 본 권력의 온상은 비열한 미소와 달리 섬뜩할 만큼 어둡고 습했다. 그녀는 무척 피곤해 보였다.

나는 바닥에 납작하게 배를 깐 짐승처럼 압도돼 입이 잘 열리지는 않았지만, 그래도 묻고 싶은 게 있었다.

"저기요, 이 투표 말이에요. 의미가 있기는 해요?"

"걱정 말아요. 이번 조원 중에 반드시 캔디 인간이 포함돼 있습니다. 지금 여러분의 노력은 헛되지 않을 겁니다."

갑자기 그녀가 품에서 터치패드를 꺼내 화면을 가리켰다. 익숙한 사람의 신상 정보가 송출됐다.

이름: 페타(PETA)

직업: 소방관

특징: 인명 구조 공로 다수

주변 평판이 우수하고 가족과의 유대가 두터움

화재 현장에서 **순직**

화면 너머의 '페타'는 녹색 꽁지머리를 한 건강한 청년이었다. 순직이라. 그 단어는 죽은 사람들에게나 쓰는 것인데 화면 속 얼굴은 아무리 보아도 죽은 자의 얼굴이 아니었다. 운동에 미쳐 있는 정제인의 얼굴, 그 얼굴이 확실했다.

관리인이 떠난 뒤 우리는 잠시 생각에 잠겼다.

아마도 정보에는 두 가지 치명적인 오류가 있었다. 첫 번째, 이름을 잘못 썼다. 표정에서부터 활력이 넘치는 그 남자의 이름은 페타가 아닌 테라다. 두 번째, 그러니 사진 속의 인물은 순직하지 않았다. 당장 93층 정제실만 가더라도 똑똑히 볼 수 있는, 근무 중인 사람이었다.

관리인은 굉장히 귀한 것을 꺼내는 양 조심스럽게 품에서 터치패드를 꺼내 우리에게 보여주었다. 어떤 의미로는 특별히 '하사'한 정보일지도 몰랐다.

장난이라고 생각하기는 어려웠다.

두 가지가 오류가 아니기 위해서는 단 하나의 조건이 필요했다. 그것은 바로 테라가 이미 순직했다는 '페타'라는 인물을 연기하고 있다는 것.

"나는 믿지 않아."

시온은 화면 따위는 얼마든지 조작이 가능하다며 덤덤한 표정으로 엘리베이터에 탑승했다. 그러면서도 손가락으론 테라의 정제실이 있는 93층을 눌렀다. 단지 방에서 나온 김에 사탕을 분배받으러 가는 것뿐이라는 말을 했지만 손끝이 가늘게 떨렸다.

"시온, 가소성이란 개념은 일단 나중에 생각하더라도 말이야, 루나가 한 말을 기억하지? 우리 중에 인간을 가장 치열하게 모방하는 자가 캔디 인간이래."

"벌써 형을 의심하는 건 비약이야."

"답답하네. 관리인이 보여준 거 못 봤어?"

"휘둘리지 말아."

엘리베이터 손잡이를 붙잡고 수직으로 상승하는 동안 시온은 이전처럼 즐겁게 웃지 않았다. 얼마 전까지만 해도 분개심 때문에 다음 투표에선 무조건 할멈을 찍어야겠다고 마음을 먹었었다. 하지만 문서를 본 순간, 그 결심은 물에 녹은 솜사탕처럼 사라져버렸다.

테라는 시온과 리카 다음으로 나와 접촉이 잦은 조원이었다. 더군다나 언제든지 만날 수 있는 정제인이기도 했다. 6614호 남자가 암시한 '가까이'에 있는 존재와 부합했다.

당연히 수상했다.

하지만 시온은 이미 결말을 알고 있는 영화를 억지로 보는 듯이 나의 의견을 지루해했다. 목숨이 걸린 투표에서 한 명이라도 더 의심하려는 나의 의지가 우스운 걸까. 솔라를 잘못 선택한 일 때문에 이제 내 발언은 귀담아듣지 않는 걸까. 그가 고른 '테라'라는 영화는 반드시 '진짜 인간'이라는 엔딩으로 끝났다. 내가 제안하는 결말들은 조잡한 루머 취급을 받으며 그의 귓가 밖으로 모조리 튕겨져나갔다. 하지만 우리는 방금 관리인에게 이상한 정보를 받았다.

이건 분명 치명적인 증거였다.

"시온, 넌 왜 아무렇지도 않아?"

"정보는 데이터일 뿐이고 내가 직접 본 테라 형은 살아있는 사람이니까."

"넌 목숨이 아깝지 않아?"

"아까워. 하나뿐이니까."

"근데 왜 나처럼 생각하지 않아?"

나는 발언과 동시에, 심연에서부터 솟구치는 거친 숨결을 느꼈다.

타인을 단단히 믿는 시온을 질투했다. 어떻게 넌 이토록 태연해? 마치 선한 자들의 의지를 꺾지 못해 더욱 악해지는 빌런이 된 기분이었다. 동시에 시온이 믿어 의심치 않는 테라에게도 질투를 느꼈다. 나는 시온이 최선을 다해서 함께 혼란을 겪어주거나 나와 똑같은 마음을 갖길 바랐다. 우리가 어떻게든 동일해지길 바랐다. 같은 사람이니까, 같은 환경이니까, 적어도 우리는 하나가 될 수 있지 않아?

하지만 지금, 치열하게 타인을 의심하는 건 오직 나뿐이었다. 혼자만 나쁜 사람이 되는 중이었다. 이런 상황이 유쾌할리 없었다. 마음이 조금씩 비틀렸다. 질투는 불처럼 타오르지 않고 오히려 눅눅하게 마음의 바닥에 눌어붙었다. 그 위로 풍겨 나오는 악취가 입을 통해 자꾸만 시온을 공격하려 했다.

타인을 신뢰하는 그를 미워하면서도, 동시에 *그가 아름답*다고 생각했다. 그가 가진 내면의 깊이를 빼앗고 싶었다. 나는 그에게 열등감을 느끼면서 동시에 동경했다. 내 뜻대로 그가 움직여주길 바랐지만 그는 결코 내 안에 예속되지 않았다.

나는 이 복잡한 감정이 무엇인지 모른다.

"왜 내 말을 따라주지 않아? 난 널 이해할 수가 없어."

"날 이해 안 해도 돼."

"내가 널 싫어하게 돼도 상관없어?"

"그렇게 테라 형이 의심되면 그 정보에 대해 직접 물어봐. 우리끼리 탁상공론하는 건 진실을 알아내는 일에 아무런 도움이 안 돼."

"대신에 같이 가. 너도 직접 봐."

"좋아."

"하나만 물어보자. 만약 내가 캔디 인간으로 오해받는 순간에도 테라에게 하는 것처럼 넌 날 옹호할까?"

시온은 망설임 없이 딱 두 글자로 답했다.

"물론."

그는 내 마음을 암흑 속으로 몰아넣더니 이번엔 단번에 건져냈다. 이런 식으로 사람을 들었다 놨다 하는 게 화가 날 지경이었다. 그러나 순진한 은발의 소년에게선 왜곡된 마음을 느낄 수 없었다. 어쩌면 이런 알 수 없는 모습들이 '시온'다운 것일지도 모른다. 그에겐 내가 읽기 어려운 감정의 관성이 있었다. 거기에 롤러코스터처럼 기분이 날뛰는 건 오로지 나의 문제일지도 모르고.

대체 이 마음은 뭘까.

관리인은 왜 하필 나에게 정보를 준 걸까.

우리는 정의로운 근육 덩어리의 실체를 보러 정제실로 향했다. 왕좌를 지키고 있는 테라는 한시도 가만히 있질 못하고 맨몸 운동을 하는 중이었다. 정제실에 있는 동안 운동을 예전만큼 못 했다고 들었는데 오히려 몸은 훨씬 좋아져 걸어 다니는 산처럼 육중했다.

평상시와 다름없이 땀을 흘리며 인사했지만 우리의 표정은 쉬이 펴지질 않았다.

"형. 사탕을 분배받으러 왔어요. 안부도 물을 겸."

"잘 왔어! 주홍색이라면 많이 만들어놨어."

"아직 빨간색은 없군요."

"응, 어렵네. 하하하하."

테라가 손수 주홍색과 보라색을 가져와 우리의 주머니가 가득 찰 만큼 담아줬다. 그런데 손등이 이상했다. 화상처럼 피부 껍질이 벗겨지고 붉은 열꽃이 곳곳에 피어 있었다. 팔을 향해 뻗어가려는 악마의 덤불이 돋아난 모습이었다.

"손이 왜 이래요?"

"정제하다가 데었어. 근면과 성실을 수호했다는 영광의 상처랄까? 하하하하."

"심각해 보이는데요."

"나 같은 강한 사람에게 이딴 건 아무것도 아니야."

시온에게 보여준 테라의 미소는 오묘했다. 그는 서둘러 손을 등 뒤로 감추며 쾌활하게 목청을 더 키웠지만 그럴수록 수상한 낌새는 더욱 짙어졌다. 이상한 정보까지 알아버렸는데 자꾸 의심스러운 면모를 드러내니 마음 깊은 곳에서 검은 얼룩이 스며 나왔다.

신뢰는 백지와 같다. 한 번 오염되면 돌이킬 수 없다. 작은 점 하나만 찍혀도 영원히 초기 상태로 돌아가지 못한다. 그러니 지키기 어렵고, 망치긴 쉽다. '테라'라는 이름이 적힌 흰 도화지가 모서리부터 검게 물들었다. 관리인이 보여준 정보는 테라를 향한 나의 감정을 단숨에 불쾌감의 구덩이 속으로 몰아버렸다. 제삼자의 개입만으로 그를 향한 나의 신뢰는 가볍게 망가졌다.

그리고 난 감정을 인내하는 사람이 아니었다.

"저희에겐 빨간색이 필요해요. 언제까지 주홍색으로 버틸 순 없어요."

"그러니? 내가 더 열심히 일해야겠네."

"당신, 정의로운 사람 맞죠?"

"쑥스럽지만 영웅으로 불렸던 사람이지. 하하하하."

"그럼 진실만을 말하겠네요?"

"시안아, 오늘따라 내게 공격적이구나."

"페타라는 사람을 알고 있나요?"

테라가 입을 다물었다. 맨몸 운동을 하던 두 팔도 멈춰버렸다. 청백성의 사람들에게 공통점이 있다면, 하나같이 거짓말에 능하지 않다는 점이었다. 꼭 진실을 일부러, 어떻게라도 알려주려는 듯이.

차라리 테라가 순진한 얼굴로 '그게 대체 누구지?' 따위의 답변을 해주길 바랐다. 그는 우리에게 분배가 끝났으니 다음번에 오라며 답을 회피했다. 운동만 한 탓에 두뇌는 영민하게 쓰지 못하는가 보다. 뇌에는 근육이 없으니까.

시온이 불안을 품고 테라에게 다가갔다. 그는 오랫동안 믿어온 형을 최대한 변호하려 했다. 하지만 변호사가 제 역할을 해내기 위해서는 적어도 의뢰인에게 사전에 진실만을 공유받아야 했다.

"형, 혹시 우리에게 숨기는 게 있어요?"

"당연히 없지."

"음, 페타라는 사람에 관한 정보를 봤는데 형과 연관이 있을까 해서요."

"그런 거 없……. 우욱!"

갑자기 테라가 손으로 입을 틀어막더니 정제실 밖으로 뛰쳐나갔다. 그리곤 93층 난간에 힘겹게 몸을 기대어 아래로 토사물을 쏟아냈다. 시온은 곧장 테라를 따라가 등을 두드렸다. 우리는 사탕을 통해 건강한 신체를 유지하며 사탕 외에는 무엇도 먹지 않는다. 소화불량이나 위염 같은 건 있을 수 없었다. 나는 둘을 향해 조심스러운 속도로 다가갔다. *구웩, 구웨엑.* 테라가 역겨운 구토 소리를 뱉으며 뻥 뚫린 난간 아래로 쉼 없이 몸 안에 든 것을 쏟아냈다.

구역질을 할 때마다 완전히 녹지 않은 사탕 조각이 보석처럼 후두두 쏟아졌다. 손으로 입을 틀어막으려 했지만 구역질은 멈추지 않았다. 토사물은 마치 피로 된 분수를 거꾸로 내뿜는 듯이 붉었다. 전부 며칠 동안 본 적이 없는 빨간색이었다.

정제에 실패했다며? 저렇게나 많은 양을 혼자서 먹어온 거야?

"혀, 형…… 손끝까지 새까맣게 타들어가고 있어요."

"그냥 컨디션이 안 좋…… 우욱!"

"혹시 이거 사탕 부작용 아니에요?"

그는 주민들에게 빨간색을 정제하지 못했다고 거짓말을 한 뒤 혼자서 독식한 게 틀림없었다. 하지만 먹은 사탕만큼 보라색을 챙겨 먹지 않아서 체내에 방사능이 정상 범주 이상으로 누적돼버린 거다. 흉하게 벗겨지고 변색된 피부와 저 구역질이 완벽한 증거였다. 솔라는 불공정한 정제를 했을지언정 적어도 혼자서 특정 사탕을 탐식하지는 않았다.

"그동안 빨간색을 숨겨놓고선 정제를 실패한 척 연기했던 거예요?"

"사정이 있었어. 우욱! 내 말을 들어봐."

"우리 중에 제일 정의로운 사람이었잖아요."

"정제 때문에 운동에 소홀했어서, 구웨엑, 보충을 위해 조금 욕심낸 것뿐인, 욱!"

"그깟 몸 좀 유지하겠다고 빨간색을 이렇게나 많이 먹었다고요?"

시온의 눈빛이 한순간에 바뀌었다. 어떻게든 테라라는 도화지에 검은 오염을 떨어뜨리지 않겠다는 간절함이 실망의 절벽으로 추락하는 순간이었다.

"형…… 사람 맞죠?"

그도 드디어 테라를 의심하기 시작했다.

거봐, 내 말이 맞잖아! 이럴 줄 알았다고!

왜 나를 믿어주지 않았어!

쐐기를 박고 싶었지만 좀 더 확신이 필요했다. 리카의 계략으로 섣불리 단정했고, 허술한 증거를 결정적이라고 맹신했기에 두 번째 투표를 망쳐버렸다. 지금은 테라가 매우 의심스러웠지만 이전과 같은 실수를 반복해선 안 됐다. 나를 제외하고 모든 주민들에게 그는 영웅이었다. 타인에게 꼭 필요한 도움을 베풀고, 신뢰받는 사람 말이다. 그 모습도 거짓이란 걸 그가 스스로 드러내길 바랐다.

보다 솔직한 마음으로는, 시온이 직접 겪기를 원했다. 누군가를 치열히 의심하는 순간을. 그리고 확신했던 것이 빗나갈 때 느껴지는 좌절감을.

그러면 너도 나와 마음이 같아질 텐데.

"아니야! 이번에는 리카 할머니를 찍어보는 게, 읍!"

테라가 계속 구역질을 하더니 무언가 이상하다는 얼굴로 위를 올려다봤다. 뚫린 천장 위 하늘에서 구름의 포효 소리가 들려왔다. 품고 있던 것들을 잔뜩 뱉어낼 때 들려오는 아우성이었다. 천둥이 치더니 먹구름이 몰려왔고, 청백성의 중앙부로 거센 바람이 불어왔다. 날씨가 급격히 나빠지고 있었다.

갑자기 엘리베이터의 문이 열리더니 루나와 집행자들이 허겁지겁 우리 쪽으로 달려왔다. 그들은 공포가 깃든 얼굴로 날카롭게 소리쳤다.

"당장 피해!"

무엇을?

93층에서 바라본 중앙부의 네모난 하늘에서 사탕비가 쏟아져 내렸다. 먹구름이 청백성 안으로 동그란 죽음들을 퍼부었다. 오색 빛깔 사탕비가 마구 내렸고 1층의 천장과 부딪히며 무자비하게 튀었다. 길을 잃은 폭죽의 불씨처럼 사탕비가 성에 난입했다. 찬란한 아비규환이었다.

저 사탕에 맞으면 죽는다. 닿아도 살이 녹을 것이다. 나는 괴성을 지르며 주저앉은 채로 뒷걸음질 쳤다. 절대 살갗이 닿아서는 안 됐다.

그때 커다란 사탕 한 알이 시온과 테라가 있던 난간을 향해 질주했다.

"안 돼!"

집행자들이 메탈우산을 펼쳐 겨우 시온을 품었다. 사탕비를 막기 위해 우리가 사용할 수 있는 최선의 방어막이지만 완벽하지 못하므로 영구적으로 인간을 보호할 수는 없었다.

다행히 시온을 향해 내려오던 사탕비는 두 알에 그쳤으며 모두 우산을 맞아 난간 너머로 튕겨졌다. 우산이 완전히 파손되기 전에 시온은 가까스로 목숨을 구했다. 그리고 나는 혼란 속에서 보았다.

겁에 질린 얼굴로 시온을 밀친 채 혼자 달아나던 테라의 뒷모습을.

"사탕비 스콜이야. 예상보다 2분이나 빨리 쏟아졌어."

루나는 최근 들어 사탕비 강수 예측에 미묘한 시차가 발생한다며 불안해했다. 1~2분 정도의 차이일 뿐이라 나 같은 일반 주민에겐 크게 유효하지 않은 오류였으나 루나를 비롯한 집행자들은 경각심을 가지고 지켜보던 변화였다. 단 한 번의 큰 재난이 일어나기 전에 300번의 자잘한 사고가 발생한다는 하인리히 법칙처럼, 이러한 오차들이 누적되면 추후에는 사탕비 강수 시간을 예측할 수 없어지고, 돌발 상황에도 대비가 불가능해지기에 그들의 걱정은 합당했다. 문제라면, 그 걱정을 비웃듯이 이미 돌발 상황이 생겨버렸다는 점이다.

루나가 특히 놀라서 허겁지겁 달려온 데는 다른 이유도 있었다.

"스콜이라면 소나기를 말하는 건가요?"

"보통 소나기랑은 달라. 비강수 지역에 갑자기 쏟아지는 거야."

"사탕비가 청백성에 내렸던 적이 있었나요?"

"우리가 특별히 손을 써놨으니까 전혀 없었지."

"손?"

"미처 빌어먹을 변수를 막지 못해서 망쳐졌지만."

사탕비는 사람을 깔아뭉개기 좋아하는 악마들이라 우리의 머리 위로 자유낙하 하는 일을 일삼았다. 청백성이 피난 구역으로 지정된 이유는, 원래 어떤 생명체도 자라지 않던 허허벌판이었기에 사람의 손도 일절 닿은 적이 없기 때문이다. 도시국가에서 보기 드문 무인 영역이랄까. 그래서 사탕비는 이 구역에 내린 적이 없었다.

하지만 청백성을 건축하고 난 뒤, 제로였던 인구 밀도가 급속도로 높아졌다. 사탕비가 예전처럼 청백성을 가만 놔둘 거란 보장이 없었다. 관리인을 비롯한 연구진들은 사탕비로부터 우리의 존재를 숨기기 위해 나름의 방어막을 설치했다.

루나는 어떠한 문제로 인해 방어막이 훼손됐고, 그로 인해 사탕비가 내리지 않는 구역, 즉 무인의 영역인 척 하늘을 속여왔던 청백성에까지 비가 들이닥쳤다고 간략하게 설명을 마쳤다. 그나마 루나가 정보실에서 잠자는 시간을 제외하고 계속 데이터 분석에 매진했기에 이러한 상황들을 추적할 수 있었던 거다. 만약 그녀가 예측이 조금씩 어긋나는 상황을 알아채지 못했거나 방관했다면, 시온의 머리 위로 사탕비가 쏟아질 때 메탈우산을 펼치지 못했으리라.

그랬다면 시온의 두개골과 뇌는 보기 좋게 으깨졌을 거다.

나는 피곤죽이 될 소년의 얼굴을 상상했다.

끔찍했다.

루나는 쓰러진 시온의 상태를 확인하고 본인이 갖고 있던 빨간색과 보라색을 즉각 복용시켰다. 또한 테라의 상태를 점검한 뒤 임시 조치로 보라색 수 알을 강제로 복용시켰다. 테라는 컨디션을 조금 회복했지만 부작용이 완치될지는 미지수였다. 건물 내부에 남은 사탕비 잔해는 빠른 속도로 녹아내렸다. 집행자들이 특수복을 착용한 뒤 이곳저곳을 부직포로 닦았으며 잔해들을 폐기용 카트에 담아 옮겼다.

나는 시온을 어떻게 방으로 데려가야 할지 고민했다. 나보다 키가 컸기에 업어서 데려가는 건 무리였다.

"내가 방까지 옮겨줄게."

테라가 아무렇지 않은 척 시온을 둘러업고 힘쓰는 시늉을 했다. 그를 바라보는 내 눈빛은 이미 싸늘하게 식어 있었다.

나는 그의 정의롭지 못한 뒤꽁무니를 보았으니까.

"아깐 컨디션이 좋지 않았는데 하필이면 그때 비가……."

"난 봤어요. 당신이 시온을 밀치고 도망가는 꼴을요."

"그건, 누구나 그런 상황에 처했다면!"

"영웅은 무슨. 비겁자."

테라가 입술을 꾹 깨물었다. 시온을 업느라 자유롭지 못한 두 손으로 주먹을 불끈 쥐더니 티가 날 만큼 떨었다. 웃기네, 지금 내가 도발해서 화가 난다는 건가? 슈퍼맨이 선량한 주민의 도발에 저따위로 화를 내던가?

한심한 위선자 놈.

정의는커녕 이제 보니 제 한 몸 지키는 일에 급급한 겁쟁이였다. 영웅의 가면을 훔쳐 쓴다고 해서 본체가 영웅으로 변하지는 않았다. 테라, 넌 지금 기를 쓰고 페타란 자를 연기하고 있는 거지? 나는 원래도 그를 우러러보지 않았으나 굴욕적인 모습을 보고 난 후에는 경멸하기에까지 이르렀다. 슈퍼맨이라던 테라를 믿을 바에야 루나를 믿는 게 더 나았다.

썩 내키지 않았으나 그녀에게 다가갔다. 지금 대화가 통할 상대는 루나뿐이었다. 문득 정보실에서 그녀가 나를 매몰차게 대했던 게 떠올랐다. 이제는 나도 존댓말은 하지 말아야지, 기껏 해도 나보다 두어 살 더 많아 보일 뿐이니.

"루나, 내가 이것저것 알아봤는데 지금은 테라가 좀 수상해."

그녀는 나의 반말은 신경도 쓰지 않는 채로 쪼그려 앉아 사탕비가 쏟아진 구역을 관측하는 중이었다. 휴대용 패드로 무언가를 기록하는 일에 열중했다. 콧등의 반 정도까지 헐겁게 내려온 안경테를 올려주고 싶었다. 내가 말을 건넸으나 고개조차 돌리지 않았다.

"그리고 혹시 6614호 남자를 알아? 아는 게 많은 주민인데."

루나가 등을 돌린 상태로 자리에서 일어났다. 폭포수처럼 뚝 떨어지는 검은 포니테일 머리가 가볍게 살랑거렸다.

"마시안."

"그 남자를 심문해서 테라가 캔디 인간이 맞는지 확인해보는 건 어때? 넌 정보실 관리자니까 가능하지 않겠어?"

"말 좀 붙여주니까 농담 따먹는 친구라도 된 줄 알아?"

"응?"

그녀는 고개를 반만 돌렸다. 자연히 내게는 반쪽짜리 옆얼굴밖에 보이지 않았다. 성가신 나와 대화하기 위해 온몸을 비트는 동작조차 하지 않겠다는 암묵적 배척이 느껴졌다. 나는 사람 대 사람으로 대화에 실수를 한 것이 아직은 없었다. 무례한 발언을 하지 않았으며 농담을 한 적도 없었다. 그런데도 왜 이렇게까지 날을 세우는 거지.

내 말을 장난으로 착각하는 것 같아 오해를 풀어주려 한 발짝 다가갔으나 굳어 있던 루나의 표정이 오히려 삽시간에 일그러졌다.

"내가 말했지? 빌어먹을 변수가 생겼다고."

"6614호 남자가 뭔가를 알고 있다는 건 진짜야. 거짓말을 하는 게 아니야."

"마시안! 네가 잠들었던 1년 동안 나는 예측에 실패한 적이 없었어."

"갑자기 그게 무슨?"

"너로 인해서 무언가 엇나가고 있어. 앞으로 원인을 밝혀낼 예정이지만 보나 마나 너와 연관이 돼 있겠지. 난 통제가 불가능한 상황을 끔찍하게 여긴다고! 방금 상황 못 봤어? 통제에서 한 발짝이라도 멀어지면 죽음이야."

루나가 갑자기 내 쪽으로 온몸을 확 틀어버리더니 코앞까지 다가왔다. 그녀의 투명한 안경알 뒤에는 천년의 원수에게나 보일 만한 분노가 있었다. 당황한 내가 한 발짝 멀어지려 하자 그녀가 나의 멱살을 잡아끌려 했고, 이를 저지하기 위해 나는 팔을 휘적거렸다. 그 몸짓으로 루나의 안경테를 쳐버렸다.

"아악!"

안경테가 날아갔다. 고의는 아니었다. 꼭 내가 뺨이라도 때린 모양새였다. 루나의 얼굴은 피가 더 이상 돌지 않는 사람처럼 서늘하게 식었다. 새까만 두 눈은 블랙홀이 돼 나를 집어삼켰다. 우리 사이에 불편하고 숨 막히는 정적이 감돌았다.

그녀는 기어코 나의 멱살을 꽉 쥐고는 코끝이 닿을 듯이 얼굴을 맞댔다.

"너 같은 건 없어져야 해. 이 역겨운 쓰레기야."

"루나, 너 미쳤어?"

"네가 깨어나기 전까지 나는 죽을 확률이 0퍼센트였어. 데이터 시뮬레이션상 무조건 최후의 생존자가 될 예정이었다고."

"투표를 하기도 전에 그걸 어떻게 장담하지?"

"끝까지 들어. 나는 주민 성향과 관계성을 패턴화해서 몇 번이고 가상 투표를 진행했어. 하지만 너라는 변수를 입력한 다음부터 내 사망 확률은 70퍼센트까지 올라갔지. 너같이 무능한 년이 깨어난 바람에 내가 죽을 확률이 늘어났다고."

조곤조곤한 말투였지만 처음부터 끝까지 온통 가시가 박혀 있었다. 아니, 칼침을 쏘아대는 수준이었다. 아직 일어나지도 않은 일인데 시뮬레이션을 운운하며 벌써부터 나를 원망하는 건 설부른 오만이었다. 아무리 정보실 관리자라지만 도가 지나친 처사였다.

물론 내가 두 번째 투표에서 실수를 저지르긴 했어도……이번에는 달랐다. 테라와 관련된 수상한 정보를 보았고, 그의 본성까지 목격했다. 6614호 남자를 잡아들여 테라에 관해 물어본다면 이제 투표를 끝낼 수 있을지도 몰랐다.

"예민한 건 알겠는데, 이번 투표에선 진짜로 우리가 캔디 인간을 색출할 수 있어."

"입 다물어. 난 네가 날 죽일 걸 아니까."

"너, 내가 하는 말은 하나도 듣지 않는구나?"

"쓰레기도 말을 한다는 게 역겹네."

이렇게나 얼굴을 가까이 맞대고 대화를 하는데도 벽을 보고 떠드는 기분이었다. 청백성에서 타인과 대화를 나눌 때마다 나는 알 수 없는 절망감을 종종 느꼈다. 그건, 아무리 애를 쓰고 진심을 보여주려 해도 상대에게 닿지 않으리라는 막막함이었다. 특히 루나가 그러했다. 그녀는 애초에 내 말을 한 글자도 제대로 들어준 적이 없었다.

"내가 무슨 살인귀야? 난 단지 캔디 인간을 찾을 뿐이야."

"아니. 넌 너만 살기 위해서 다른 사람을 다 죽일 년이야."

"뭐? 나더러 어쩌라는 거야. 죽고 싶지 않은 건 모두가 다 똑같아!"

"멍청아, 그러니까 문제지! 난 확실한 사람이고, 죽고 싶지도 않은데 너 같은 년 때문에 아무리 시뮬레이션을 해도 높은 확률로 죽을 거라는 게 얼마나 무서운 줄 알아? 결과를 통제할 수 없다는 게 얼마나 좆같은지! 넌 결국 날 죽이고 말 거야. 투표에서 날 캔디 인간으로 몰아서 누명을 씌우겠지. 악마 같은 년."

루나가 멱살을 쥔 손에 온 힘을 쏟더니 나를 땅에 내리꽂을 기세로 밀어버렸다. 그 힘은 마치 소뿔에 들이박힌 것처럼 묵직했다. 그대로 엉덩방아를 찧었고, 반동을 이기지 못해 초라하게 뒤로 벌러덩 누워버리기까지 했다. 바닥에 널브러진 나를 본 뒤 루나는 다시 안경을 주워 착용했다.

"야! 이게 무슨 짓이야!"

그녀는 사과 한마디 없이 후드를 쓴 다음 집행자들과 함께 사라졌다.

투표에서 캔디 인간을 빨리 색출하지 않는 한, 단 두 명을 제외하고 모두 죽게 된다. 그녀의 두려움은 이해하지만 왜 내가 말도 안 되는 억측을 당해야 하지? 왜 나한테 저 난리지? 내가 하는 제안은 전혀 솔깃하지 않아? 영웅놀이에 심취했던 테라를 수상히 여기는 게 정상적인 반응일 텐데, 아직 페타의 데이터를 못 봐서 그런 걸까.

사탕비 스콜이 내렸음에도 닫힌 문을 열고 나오는 주민은 단 한 명도 없었다. 다들 세계 일류 귀마개 제품이라도 공급받은 걸까. 아니면, 과연 타인 따위에게는 관심이 전혀 없는 현대인이라 밖에서 어떤 소란이 일어나든 방관하는 걸까.

점점 더 나를 둘러싼 모든 걸 이해할 수 없어졌다. 하나같이 불합리하고 이치에 맞지 않았다. 이 공간은 뭔가 이상하다, 여기 사람들도 전부 이상하다. 나를 둘러싼 환경은 점점 나를 처음과 다른 사람으로 만들었다. 나는 이 투표를 경험하기 이전의 존재로 돌아가지 못할 것만 같았다.

답답함을 해소하기 위해 6614호로 곧장 내려갔지만 붕대를 감은 남자는 흔적도 없이 사라진 후였다.

시온에겐 며칠간 진정이 필요했다. 사탕비를 피하는 과정에서 바닥을 구르는 바람에 몸에 생채기가 생겼지만 빨간색을 먹으며 빠르게 회복했다. 다만 그는 다른 것으로 인해 더 큰 충격을 받은 상태였다. 검게 물든 마음만큼은 사탕으로 치유되지 않았다.

나는, 나와 같은 생각을 하지 않는 시온을 미워했었다. 그러나 사탕비에 공격당해 다치기까지 바란 건 아니었다. 힘없는 모습을 보니 유치한 욕심을 품었던 게 곱절은 더 죄스러웠다. 나 때문에 이런 일을 겪게 된 것 같아 마음이 불편했다.

됐다. 머리만 아프네. 사서 스트레스받지 말자. 일단 이번 투표에서 명백히 수상한 자가 좁혀졌다. 테라를 뽑고, 다 끝내자, 제발.

더 이상 이런 상황을 겪고 싶지가 않았다. 원치 않는 일들이 나를 둘러싸고 제멋대로 굴러갔다. 평화를 원해, 엄마가 보고 싶어, 엄마가 좋아하던 바다가 보고 싶어, 평온한 일상으로 돌아가고 싶어, 이런 무서운 상황이 싫어……. 우리는 청백성 밖으로 나가지 못한다. 평생 죽을 때까지 여기에서 살아야만 한다. 즐비하게 이어진 방 사이에서 잘 불리지도 않는 이름들로만 서로를 구분한 채로.

답답했다.

하루빨리 캔디 인간을 색출해야 했다.

이 공간의 평화를 되찾아야만 했다.

며칠이 지나고 나는 시온과 투표장에 입장했다. 우리 둘을 제외한 모든 이들이 원탁에 둘러앉은 상태였는데, 루나는 평소와 다름없는 날 선 표정이었고 테라는 엉망이 돼 있었다.

방사능 중독이 꽤나 심각한 상태였다. 피부는 검게 썩어가고 있었으며 머리칼도 눈에 띄게 빠졌다. 그토록 집착하던 근육만 온몸에 끈질기게 붙어 꿈틀거렸다. 반면 리카 할멈은 평온한 얼굴이었다.

또 실수를 저질러선 안 되겠지만 이번엔 정황상 증거가 너무 명확했다. 캔디 인간은 틀림없이 테라, 저 개자식이다.

관리인이 손뼉을 치며 주의를 끌었다.

"투표에 앞서서 전달 사항이 있어요. 오늘부로 주민 테라의 정제인 자격을 박탈하겠어요. 혼자서 빨간색을 독차지하는 죄를 저질렀거든요. 아주 부도덕했죠."

테라가 갑작스러운 지위 박탈에 자리에서 벌떡 일어났다.

"죄를 저지른 게 아닙니다. 근육이 조금 빠져서 보충하다 보니 분배가 부족하게 됐습니다. 이 부분에 대해선 죄송해요. 정제인 자리는 박탈해도 되지만 오해는 말아주세요."

리카 할멈만 고개를 끄덕였다. 반대로 시온은 고개를 숙여 버렸다. 그의 마음에는 이미 지울 수 없는 얼룩이 져버렸다.

"뭐, 그건 주민들이 판단하시겠죠. 자! 그럼 투표를 시작하겠어요. 30분 동안 마음껏 자신을 변호하시길."

관리인이 장난을 치듯 손가락을 휘적거리곤 원탁에서 떨어진 개인 좌석에 착석했고, 모형 뻐꾸기는 조용히 시간을 카

운트했다. 나는 호기롭게 손을 들어 관리인에게 말했다.

"부탁이 있어요. 제게 보여줬던 정보를 다른 조원들의 패드에도 공유해주세요."

그녀는 감춰놓은 간식이라도 나눠주는 듯이 어깨를 으쓱거렸다. 이윽고 나의 요청에 따라 조원들의 터치패드에 페타의 신상을 띄웠다. 모든 조원들이 고개를 숙여 패드 화면을 들여다봤다. 많은 눈들 중에 테라의 눈이 가장 휘둥그레졌다.

"테라, 당신은 누구죠? 소방관 출신이 아니죠? 위험에 처한 시온을 밀쳐내고 달아났을 때 확신했어요."

"헛소리야. 이 성에서 정의롭기로 소문난 사람이 누구인지 잊지 마."

"테라, 나는 당신이 정의로운 사람이라는 말을 믿지 않아요. 첫째, 당신은 정의롭지 않고, 둘째, 사람도 아닐 테니까요."

"불가항력적인 사고였잖아."

"그렇다면 당신과 똑 닮은 페타는 대체 누구죠? 수많은 생명을 구한 정의로운 진짜 소방관, 이 사람은 누구냐고요!"

나는 일전에 테라가 스스로를 강한 사람이라 자부하던 일을 회상했다.

강하다거나, 선량하다거나 하는 것들은 숨길 수가 없는 가치였다. 마치 틈새를 뚫고 나오는 빛처럼 말이다. 그러니 드러낼 필요도 없다. 그냥 존재하는 것만으로도 자연스레 모두가 알 수 있다. 정말로 강한 사람이라면 구태여 본인을 과시하지 않아도 괜찮다.

타인을 지켜주는 데 기꺼이 힘쓰는 사람들은 강인하다. 그것은 근육에서 발현되는 힘이 아니다. 굳건한 마음에서 뿜어져 나오는 의지다. 그럼에도 테라는 보이는 육체에만 집착했고, 정작 위기의 순간에는 살기 위해 혼자 도망갔다. 무엇이 강인한 것이고, 무엇이 정의로운 것인지 전혀 모르는 사람처럼 굴었다. 그는, 적어도 나의 경험으로는 단 한 번도 정의다운 정의를 보여준 적이 없었다.

시온은 패드 화면을 더 이상 보지 않았다. 눈만 끔벅거리며 앞을 주시했다. 그 시야에 누가 담겨 있는지는 알 수 없었다.

"테라, 당신은 이 사람을 흉내 내고 있었던 거죠?"

"아니야."

"그럼 이 사람은 누구냐고요! 우연의 일치라고 우기진 않겠죠."

"페타는…… 내 쌍둥이 형이야."

테라가 식은땀을 흘리며 항변했다. 그는 어딘가 불편한 듯 계속 손끝을 만지작거렸는데 그때마다 손상된 피부 바깥으로 사람의 진물인지 휴머노이드의 기름인지 알 수 없는 액체가 스며 나왔다. 방사능 부작용이 육신을 파괴하는 속도가 무척 빨랐다.

"……그냥 죽은 형을 대신해서 살았을 뿐이야. 난 사람이야, 믿어줘."

그는 절박하게 호소하고서는, 건장한 몸과 어울리지 않는 얼굴로 고개를 숙였다. 감정을 숨기는 것이 결코 진실을 숨기는 것과 동일하지 않다는 걸 알면서도 그는 마음에서 피어오르는 표현만큼은 감추려 했다.

리카 할멈은 패드에 뜬 정보창을 종료했다. 그녀는 테라가 어떤 사람인지에 대해 단단한 믿음을 갖고 있었는데, 그 마음에는 아직 어떤 오염도 없었다. 관리인이 직접 송출한 정보를 보고서도 테라를 의심하지 않았다.

"저 청년은 우리 중에 그나마 믿을 만한 사람이야. 시안아, 이번 투표에선 날 뽑으라고 부탁했잖아?"

한 명은 자신을 믿어달라 호소하고 다른 한 명은 자신을 죽여달라고 호소했다. 상반된 마음을 동시에 받는 게 거북했다. 머리가 핑그르르 돌았다.

별 진전 없는 탁상공론이 답답했는지 관리인이 직접 원탁으로 다가왔다.

"관리자로서 정확한 사실 검증을 위해 한 가지 정보를 더 보여줄게요."

우리의 터치패드에 누군가의 과거 신상 데이터가 다시 연동됐다.

이름: 테라(TERA)

직업: 무직

특징: 페타에게 생계 의존

　　　주변인들과 관계를 형성하지 못함

　　　페타와 비교당하며 타인에게 늘 차별을 받아옴

이름 옆의 사진이 현재와 매우 달랐다. 녹색 머리칼은 똑같았으나 육체가 상반됐다. 지금과 견줄 수 없을 만큼 왜소한 몸을 가진 청년이었다. 사진 속 얼굴의 표정은 음울했고, 눈빛은 탁했다.

테라가 허겁지겁 자신의 터치패드를 원탁에서 뜯어버렸다. 소용없는 짓이었다. 조원들의 터치패드까지 다 뜯어낸다 한들 이미 본 것을 물릴 수는 없었다.

루나가 웃음소리를 섞어 되물었다.

"푸흡, 생계 의존? 무직?"

"이 정보는 잘못됐어. 뭐야 이거! 내 허락은 받고 뒷조사를 한 거야?"

"이제 알겠다. 페타라는 남자와 함께 살면서 꽤나 그 남자를 시기했나 보네. 그래서 운동에 집착했던 거지? 그 남자처럼 살아보기 위해서 말이야. 약한 개가 더 크게 짖는다더니."

"약한 개? 입 다물어. 난 절대 약하지 않아! 그리고 이 정보는 차별적이야. 형만 또 좋게 써줬잖아! 청백성에서 다른 주민들을 도우며 살았던 나도 정의롭고 좋은 사람이었다고! 그건 생각 안 해줘?"

"죽은 사람의 인생을 훔치기에는 그릇이 작았군."

"뭐라고?"

"녹색 간장 종지."

루나가 한쪽 눈썹을 치켜올리며 조롱했다.

"역시 앞에서 착한 척하는 인간치고 뒤가 구리지 않은 것들이 없지."

"입 다물라니깐!"

테라는 폐부가 찔린 듯이 잠시 굳어 있다가 대차게 고개를 저었다. 그의 입술 밖으로 거품 침이 조금씩 흘렀다. 상태가 급속히 악화되고 있었다.

"나도 형처럼 어디서든 사랑받는 사람이 되고 싶었을 뿐이야. 가족들은 나 같은 건 거들떠보지도 않았다고. 이제라도 형이랑 똑같이 살기 위해 노력했던 건데 그게 나쁜 건 아니잖아. 나한테도 인생을 다시 시작할 권리가 있어."

나는 테라가 하는 말을 믿지 않았다. 캔디 인간에게 가족이란 게 존재할 리 없었다. 아마도 페타라는 선량한 사람이 불쌍한 휴머노이드를 거둬 키워준 것으로 추측됐다. 하지만 테라는 배은망덕하여 자신을 구제해준 이가 죽자마자 그 인생을 훔치며 살아왔겠지. 인간을 동경해서 모방했던 거군.

리카 할멈은 내 추측에 찬물을 끼얹었다.

"과거가 뭐가 중요하겠어? 테라, 걱정 말고 나를 뽑으렴. 나는 비록 사람이지만 이제 죽어도 괜찮단다."

"그래! 할머니가 이렇게 원하시잖아. 다들 리카 할머니 말대로 하는 게 어때?"

"마시안, 이번엔 날 죽여주기로 했잖아. 그냥 다들 내게 투표해."

"그렇게 해. 나는 누가 뭐래도 사람이니까!"

하지만 테라의 절박함과는 달리 시온은 그의 말이 끝나자마자 투표를 마쳤다. 그는 어떤 말도 하지 않았다.

곧이어 루나와 나, 리카 할멈도 투표를 마쳤다. 테라는 자신이 캔디 인간으로 지목될지도 모른다는 불길한 기운을 느꼈는지 시온에게 변명하려 몸을 기울였으나 그 순간 쿵 하며 원탁에 머리를 찍어버렸다. 몸 상태가 급격히 나빠지는 게 보이더니, 타이밍이 좋게 기절했다. 입가엔 짐승처럼 침이 흥건했다. 저것이 방사능으로 체내 시스템이 망가진 기계 인간의 말로일까, 사람이랑 다를 바가 전혀 없는데……. 그의 나약한 몸은 오싹할 정도로 사람 같아 보였다.

고꾸라진 테라는 다시 일어나지 못했고, 인공 뻐꾸기가 시계 밖으로 튀어나와 울어댔다.

투표는 종료됐다.

"테라 두 표, 리카 할멈 한 표, 마시안 한 표, 기권 한 표입니다."

기절한 테라의 표는 기권표가 됐다. 시온과 나는 테라를 뽑았고, 아마 리카 할멈은 자신을 뽑았을 거다.

곧바로 집행자들이 축 처진 테라의 몸을 억지로 들어 올렸다. 방사능으로 정신을 잃어버린 근육 덩어리가 쓸데없이 육중하여 여러 명이 애를 먹었다. 페타의 인생을 가면처럼 훔쳐 쓰고 연기해왔던 가짜 주민은 마지막 발언도 하지 못한 채 사탕비가 내리는 바깥으로 내던져졌다. 이 모든 과정은 꼭 시간이 부족하기라도 한 듯이 속전속결로 진행됐다.

잠깐만, 나는 또 왜 표를 받은 거지? 루나는 아직도 나를 캔디 인간으로 여긴단 말이야? 관두자, 더 생각하고 싶지 않다. 그냥 오늘은 노란색을 먹고 푹 잠들고 싶다. 세 번째 투표가 끝났다. 이걸로 모든 게 마무리됐으면 좋겠다. 인간을 열렬하게 모방해온 캔디 인간이 죽었으니 머리 아픈 투표 따위는 이제 없었으면.

투표장을 빠져나가는 우리에게 관리인이 사이코처럼 입꼬리를 움찔거리며 말했다.

시체 확인 결과, 테라도 사람이었다고.

"시안 양, 또 틀렸네요?"

그녀가 나를 보며 어깨를 으쓱거렸다. 그 태도에는 승기를 잡은 게임 플레이어처럼 여유가 있었다. 나는 어쩌면 이렇게 될 것이라는 걸 알고 있었는지도 모른다. 잠시 생각에 잠겼다.

부모님과 약속을 했었다. 그들은 '어떠한 명제'가 증명되길 간절히 바라고 있었는데, 내 기억이 정확하다면 언니는 증명하지 못했다. 명석한 두뇌를 갖고 태어났음에도 부모님이 바라는 이상에 도달하지 않았다. 엄마와 아빠는 매우 슬퍼했고, 특히 아빠는 자신의 불찰이라며 자책하느라 나를 잘 돌봐주지도 않았다. 그나마 내게 손길을 자주 허락했던 엄마가 일련의 사건들을 설명해줬으나 1년간 잠든 사이에 기억이 모두 휘발됐는지 선명하게 떠오르지가 않았다.

다만, 약속했을 뿐이다. 언니가 증명하지 못한 '어떠한 명제'를 반드시 나는 증명하겠다고. 부모의 불안함을 모두 씻어주겠노라고.

그러니 나는 청백성에서 죽을 수 없다. 이뤄야만 하는 과제를 기억해내서, 부모님 대신 이뤄줘야만 한다. 가라앉은 의식을 휘적거리며 그리운 얼굴을 떠올리려 노력했다. 젠장, 선명하지가 않다.

아무튼 무언가를 해내야만 하는데…….

부모님이 바랐던 '어떠한 명제'란 '주민 속에 숨어든 가짜 인간을 내가 발견한다'가 아닐까. 사탕비의 저주를 피해 이 청백성에 안전히 입주한 가족 구성원은 오직 나뿐이니까. 그 명제를 증명하라는 건 나의 소중한 생명을 굳건히 지켜가라는 지시일 거다.

그러니까 나는 살아야만 한다. 죽는 게 무서워서가 아니다. 죽음은 무섭지 않아, 사람이라면 누구나 한 줌 흙이 되기 마련이지. 다만 부모님의 의지를 이어나가지 못하고, 그들이 바라던 진실도 찾아주지 못하고, 억울하게 누명을 쓴 채로 청백성에서 죽어서는 안 된다. 약속했잖아, 잘 해내기로. 엄마 아빠가 바라는 걸 이뤄줘야만 했다. 하나밖에 없는 생명을 남들의 손에 저당 잡혀선 안 돼.

하지만 이대로라면 다 죽을지도 모른다.

첫 번째 투표, 두 번째 투표, 세 번째 투표에서 모두 사람이 죽었다. 그 말은 조원 중에 캔디 인간이 있다면, 나와 시온, 할멈과 루나 넷 중에 아직도 살아남아 있다는 뜻이다. 나와 시온은 사람이니 제외해보자. 리카 할멈은 사람인 메트 영감과 오랜 시간 부부로 지냈으므로 캔디 인간일 가능성이 적다. 그렇다면 루나가? 아니다. 나는 아직 루나에 대해 잘 알지 못하므로 좀 더 조사를 해봐야 하는데…….

불안해.

조사가 소용이 있나? 애초에 내가 뭔가를 알아낼 수 있나? 메트 영감이 캔디 인간으로 선택된 건 나의 의지가 아니었다. 솔라를 죽인 것도 나의 의지라기보다는 리카 할멈의 복수에 이용당한 일이다. 테라는 내가 죽인 걸까? 아니다. 관리인, 저 여자가 내게 먼저 정보를 보여주었고 나는 현혹됐다.

결국 처음부터 지금까지 내 의지로 일어난 일은 아무것도 없었다.

아무런 일도 해내지 못한다. 반드시 찾아야 하는 진실에 다가갈 수 없고 끝없이 외부 환경에 영향을 받을 뿐이다. 그럼 누가 알고 있지? 누가 캔디 인간을 찾을 수 있지? 애초에 투표로 캔디 인간을 찾는 게 가능해? 주저앉아 두 팔로 상체를 있는 힘껏 감싼 채 생각했다. 스스로 만든 작은 품 안에 고개를 처박고 몸을 떨었으나 눈을 감지 않았다. 사고하고, 또 사고했다. 머리에 잔존하는 사소한 단서까지 치열히 좇았다.

제일 수상한 존재는 누구지?

그러고 보니 솔라도, 테라도 모두 정제인이었다. 새빨간 왕좌는 주인을 죽음으로 몰았다. 관리인은 테라의 과거를 알고 있었다. 그럼에도 교묘하게 그가 인간을 모방하는 캔디 인간이라는 뉘앙스를 풍기며 정보를 내밀었다. 어쩌면 그녀는 모든 걸 다 알고 있는지도 모른다.

투표 후 처형을 집행하는 건 관리인, 최초에 투표조원을 선발한 작자도 관리인, 이번 투표조 안에는 반드시 캔디 인간이 있을 거라고 말한 자도 관리인.

설마?

두 다리에 힘을 주고 일어났다. 몸을 감쌌던 팔을 풀었고 곧바로 관리인에게로 돌아가 멱살을 잡았다. 이 여자가 캔디 인간이라면 모든 게 맞아떨어진다. 가장 막강한 권력으로 우리를 쥐락펴락하는 여자, 자꾸만 알 수 없는 암시를 주며 나를 미치게 하는 이 여자! 죽어가는 조원들에게 한순간도 미안해한 적이 없잖아. 리카 할멈이 말한, 사람을 미워하는 존재. 루나가 말한 인간을 모방하고 있는 존재. 그리고 6614호 남자가 말한 내 가까이에 있는 존재.

바로 당신이다.

"시안 양, 숨이 막히는데 놓고 말해주시겠어요?"

"정체가 뭐예요."

"밖에 집행자 없어요? 도와줘요! 누구 없어요? 이 가정교육을 덜 받은 애가 나를 죽이려고……."

여태껏 축적해온 울분을 담아 그녀의 검은 목깃을 꽉 쥐었다. 이 공격적인 행위는 루나에게 배운 것이다. 관리인의 손아귀에 죽은 테라와 솔라의 한이 담겨 있으리라고 믿는다. 그들의 영혼이 있다면 내 손을 감싸며 인면수심인 가짜 인간을 함께 죽이자고 힘을 보태줄 것이다.

그리고 애꿎은 사람들을 죽음으로 몰아버린 나의 실수를 씻어줄 거고.

"마시안!"

로비에 있던 시온이 관리자의 외침을 듣고 투표장으로 다시 들어왔다. 그는 당황하며 팔을 뻗었다. 힘을 보태주리라고 믿었지만 오히려 나보다 한 마디만큼 큰 손으로 내 손목을 잡아떼어냈다. 시온의 은색 머리칼이 불안하게 흔들렸다. 나는 참지 않고 관리인에게 소리를 내질렀다.

"사실대로 말해요. 우리 중에 확실히 캔디 인간이 있다는 걸 어떻게 알죠? 사실은 당신이 가짜 인간이죠? 뭘 알고 있다면 솔직하게 전부 말을 해요! 짜증 나게 알려줄 듯 말 듯 간만 보지 말고요!"

"나를 의심하다니요. 캔디 인간에게 속아 청백성의 권력을 모두 줘버릴 만큼 사람은 어리석은 존재가 아니랍니다. 저는 캔디 인간 연구 초기 단계부터 참가했던 총책임자예요. 신분이 보증된 3급 공무원이죠! 내가 뚫은 경쟁률이 몇인데."

관리인은 굵은 주름이 잡혀버린 목깃을 탈탈 털며 거들먹거렸다.

"시안 양은 성격이 급하시네요. 겨우 세 번밖에 투표를 하지 않았잖아요?"

"사람을 죽이는 게 장난인가요?"

"장난이 아니니까 적당히 끝내지 않고 반복하는 거 아니겠어요?"

"물음에 대답해요. 어떻게 이 투표가 캔디 인간을 색출할 수 있으리라고 확신하죠?"

"걱정 말아요. 반드시 이번에는 가능합니다. 제가 최상의 조합으로 짰거든요."

"그러니까 그걸 어떻게 확신하냐고! 가짜는 너잖아!"

관리인의 무책임한 발언이 불쏘시개처럼 심장을 들쑤셨다. 나는 불을 향해 달려드는 잔벌레가 돼 그녀에게 돌진했고, 시온이 다시금 가로막았다.

시온, 너는 왜 이렇게까지 타인을 믿어주려 하는 거지? 내가 누군가를 의심할 때마다 늘 그들을 믿어줬어. 혹시 네가 제일 신뢰하지 않는 사람은 나인 걸까.

불현듯 시온의 남색 눈동자 속에 갇혀 있다는 생각이 들었다. 온몸을 옥죄는 갑갑함이 느껴졌다.

"죽는 게 두려운가요?"

"아뇨. 난 죽음 따위는 무섭지 않아요. 하지만 여기서 내 인생이 끝나는 건 용납할 수 없어요!"

"시안 양은 여태껏 처형당한 사람들을 보고 무얼 느꼈죠?"

"그야 억울하게 뒈져버린 게 불쌍하다고 느꼈죠. 묻긴 뭘 물어요!"

"메트, 솔라, 테라가 갖고 있던 특성 말이에요."

"시발, 뭔가 알고 있으면 묻지 말고 말을 하라고요!"

"이제 내가 줄 수 있는 힌트는 딱 하나예요."

뒤이어 소란을 듣고 집행자들이 들이닥쳤다. 검은 옷의 무리가 그녀를 호위하기 시작했고, 관리인은 자신을 구해준 시온에게 보답하겠다며 그의 손을 잡았다. 내 말을 들어주지 않는 희멀건 소년이 검은 무리 속으로 쑥 빨려 들어갔다.

"직접 보고, 직접 겪은 걸로만 판단해요. 당신이 아직 직접 보지 못한 것은 무엇이죠?"

그들은 하나의 덩어리가 돼 일제히 투표장을 빠져나갔다. 나는 홀로 투표장에 남았다. 창 너머로 마음을 몰라주는 화창한 햇살이 들이닥쳤다. 곧이어 다시 또 사탕비가 내리다 그쳤으며 눈치 없이 대기는 진한 단내를 풍겼다. 아무도 돌아오지 않았다. 방치된 상태로 우두커니 서 앞만 바라봤다.

마음에 검은 파도가 휘몰아쳤다. 그 파도는 잉크가 돼 내 세상을 집어삼켰다. 나는 이제 무엇도 믿을 수 없고, 모든 게 의심스러웠다. 어떠한 말도 수긍하고 싶지 않았다.

시온은 왜 내게 힘을 보태주지 않는 걸까. 다른 조원들에 비해 투표 때마다 내가 더 노력했던 이유는, 아마도 내가 제일 용감했기 때문이다. 절대 이상한 녀석이라서가 아니다. 그런데도 왜 내 말을 믿어주지 않은 거야. 선택한 모든 게 오답이었지만, 적어도 풀이 과정 중에는 함께할 수 있었잖아. 잘못된 답을 선택하려 할 때 적극적으로 막아줄 수도 있었잖아. 줄곧 시온만큼은 믿고 의지할 수 있는 사람이라 생각했는데 너마저도 관리인의 곁에 서면 나는, 나는…….

열려 있는 철문을 힘껏 밀어 투표장 밖으로 나갔다. 여기에 계속 있을 순 없었다. 방으로 돌아가야만 했다. 시온이 좋아했던 엘리베이터에 탑승하고 싶지가 않아 계단을 이용했다. 한 층, 한 층, 무수한 계단을 내려갈 때마다 나는 하늘에서 뿜어져 나오는 태양 빛과 멀어졌다. 아래로 내려갈수록 청백성은 깊은 어둠에 잠겼다.

아래로, 아래로, 더 아래층으로…….

계단 층계참에서 6614호 남자를 만났다. 우리는 눈을 마주쳤다. 지금은 대낮이고, 미약한 빛이라 할지라도 분명히 그의 붕대 위엔 햇살이 내려앉아 있었다. 거슬릴 정도로 튀어나온 갈색 머리칼을 붕대 속으로 집어넣어주고 싶었다.

"그동안 어디에 있었어요? 6614호는 왜 떠났죠?"

"약속했잖아. 내가 널 찾아가겠다고."

그는 종이가 없어도 발언하는 일을 두려워하지 않았다. 나는 처음으로 남자의 목소리를 제대로 들었는데, 낯설지가 않았다. 남자는 온몸에 칭칭 감긴 붕대를 천천히 풀었다. 분명 존재를 드러내는 걸 두려워했었는데 갑자기 자신을 내게 적극적으로 보여주기 시작했다.

두 팔과 다리를 감싸던 천이 바닥에 내려앉았다. 서서히 드러나는 살갗은 젊지 않았다. 그는 청년이 아니었다. 이윽고 머리 부분을 다 풀자 숨겨놓았던 머리칼이 모조리 노출됐다. 단정하게 빗은 갈색 머리가 맞았다.

아래를 향해 둘둘 풀려가는 붕대가 어깻죽지까지 모두 벗겨졌을 때 나는 소리조차 지를 수가 없었다.

우리는 구면이었기에.

"당신이 어떻게 살아있는 거죠?"

그는 분명 첫 번째 투표에서 처형당했던 메트 영감이었다.

"순서가 됐어."

"6614호에 숨어 있던 거였어요? 이게 무슨 상황이죠? 대답해요."

"날 잡는다면."

그는 날 보고 웃었다. 비린내가 진동하는 죽은 생선 같은 얼굴이었다.

이윽고 영감은 생각을 정리할 겨를도 주지 않고 계단 아래로 달아났다. 나는 그를 일단 잡아야 한다는 마음에 바로 쫓아갔지만 그는 나보다 더 빠른 속도로 달아났다. 몇 번이고 계단을 반복해서 오르내렸는지 매우 능숙한 발놀림이었다. 무슨 영감이 다리가 이렇게 빨라! 숨이 차올랐다. 정정당당한 사람은 도망가지 않는다. 메트 영감이 달아나고 있다는 건 뭔가를 숨기고 있다는 증거였다. 다리가 꼬일 것 같은 긴장감 속에서 쉼 없이 발을 구르며 내려갔다.

36층에 다다르자 영감은 더 이상 계단을 내려가지 않고 어떠한 방으로 숨어버렸다. 문 옆의 문, 그 옆의 문, 그 옆의 문, 또 그 옆의 문······. 똑같이 생긴 무수한 문들이 나열돼 있어서 영감이 들어간 호실이 몇 호인지 분간이 어려웠다.

"저기요, 문 좀 열어주세요!"

그의 뒤꽁무니가 마지막으로 보였던 호실을 짐작해 문을 두드렸다. 쾅쾅쾅쾅. 공허한 울림소리는 메아리가 돼 돌아왔다. 아무도 나오지 않았다.

여기 주민들은 왜 코빼기도 보이지 않지?

이어 두드린 옆방에서도 아무도 나오지 않았다. 옆문, 그 옆의 문, 그 옆의 문, 또 그 옆의 문······. 즐비한 문들을 차례차례 부술 기세로 내려쳤으나 어떤 대답도 돌아오지 않았다.

결국 메트 영감을 놓쳐버렸다.

손이 얼얼해졌다. 두드리기를 포기하고 문 하나에 귀를 갖다 댔다. 살아있는 사람이 있다면 작은 기척이라도 들려야만 했다. 혹여 내 숨소리가 희미한 음성을 묻어버릴까 싶어 숨을 참아보았다.

아무런 소리가 들리지 않았다.

그리고 아무도 나오지 않았다.

이렇게 즐비한 문 너머에 사람이 하나도 없단 말인가? 이상했다, 이건 분명 이상한 상황이었다. 오직 방을 위해 만들어진 청백성인데 그 방 안에 사람이 없다니. 나를 둘러싼 무수한 의문들이 버겁게 느껴졌다. 이제는 하나씩 풀어가야만 했다. 그러지 않으면 견딜 수가 없을 거다. 하지만 어디서부터 접근해야 하는지, 어떻게 알아갈 수 있을지 감도 잡히지 않았다.

확실한 건, 지금 내가 반드시 쥐어야 할 진실을 하나 놓쳤을지도 모른다는 것.

방으로 돌아오자마자 노란색과 보라색을 챙겨 먹었다. 시온은 없었다. 관리인이 그를 차기 정제인으로 낙점했기에 6615호로 돌아오지 않았다. 내가 계단을 오르내렸던 동안 시온은 단출한 짐을 챙겨 단숨에 정제실로 떠나버렸다. 그 선택이 자유로웠는지 혹은 강압적이었는지는 알지 못했다.

확실한 것은 이제 이 방엔 나 혼자만 남게 됐다는 점.

청백성에서 일어난 일은 무엇도 제대로 알지 못한다는 점.

외롭다거나 고독하다는 감정은 사치스러운 마음이라, 다른 생각들이 다 지나간 후에야 느껴지는 것들이었다. 나는 외롭지도, 고독하지도 않았다. 단지 마음이 복잡하고 심장은 터질 듯이 답답했다. 서둘러 눈을 감았다. 사탕의 단맛이 입 안을 채웠고, 붕 뜨는 의식을 따라 잠시나마 현실로부터 달아났다.

꿈에서 언니는 침대 위에 가만히 누워 있었다. 나는 잠든 언니를 흔들어 깨울까 고민했으나 곤히 잠든 그녀를 깨우고 싶지 않아 놔두었다. 그 후에 엄마가 방으로 들어왔고, 어딘가로 떠나야 할 시간임을 알렸다. 엄마는 나를 믿는다며 독려했고 나는 고개를 끄덕였다.

"언니는 같이 갈 수 없나요?"

"응. 안 된단다."

"왜죠?"

"너 혼자서 언니보다 더 훌륭하게 해내야 하니까."

엄마의 뒷모습을 따라 어딘가로 향했다. 그녀는 백색 가운을 입고 있었는데, 천사처럼 보이기도 하고 달리 보면 의사처럼 보이기도 했다. 언니에 대해 물으면, 반드시 그녀보다 잘해내야만 사랑받을 수 있다는 답만 돌아왔다. 나는 엄마에게 언니보다 더욱 강인하고 정의로운 자녀가 돼야만 했다. 내가 언니보다 훌륭해지리라는 선언이 수레바퀴처럼 내 안에서 뱅글뱅글 돌았다. 엄마의 음성이 얇은 물줄기가 돼 끊임없이 쏟아졌고 나는 꾸역꾸역 곱씹었다.

현실을 향해 고개를 돌릴 때에 무의식이 내 어깨를 붙잡고 더 이상 기억하지 말라는 듯이 기억 속 이미지를 먼발치로 날려 보냈다. 나는 아무도 없는 공터의 꺾인 풀꽃처럼 땅을 향해 누웠다. 눈을 감기 직전 목격한 엄마의 얼굴은 이번에도 이상했다.

자꾸만 엄마 꿈을 꿀 때마다 시온이 가방에 넣어뒀던 사진 속 여자를 만났다. 분명 그의 엄마라고 했는데, 시온의 엄마가 내 엄마일 리는 없는데…… 그리운 사람을 착각할 정도로 바보가 됐나 보다.

꿈속에서 쓰러져 있는 와중에 계속해서 고민했다.

언니는 언제부터 잠들었을까, 우리가 함께했던 시간이 정말로 존재했을까, 하고.

꿈은 그 상태로 블랙아웃돼 더 이상 재생되지 않았다. 아무런 이미지도 떠오르지 않은 채로 노란색이 허가하는 만큼 잠속에서 허우적거렸다. 한계가 없는 바닷속을 유영하듯이 어두운 세상을 표류했다. 몸을 휘감는 대기가 따스하다거나, 봄과 여름의 중간 같다거나 하는 생각에 실컷 잠겨봤다. 무가치한 잡생각을 떠올리고 또 떠올렸다. 꿈에서만큼은 스트레스를 받지 않았다. 오염 한 점 없는 공상 속이 편안했다. 나는 조금 더 먼 곳까지 나아가보려…… 쾅쾅쾅. 손을 뻗어 하늘의 끝까지 다가가…… 쾅쾅쾅. 평화로운 세계를…….

쾅쾅쾅쾅쾅.

"마시안! 제발 문을 열어줘."

"아이씨."

리카 할멈의 외침이 단잠을 깨웠다. 6615호의 문을 두드리는 건지 부수는 건지 분간이 어려울 만큼 힘껏 두드렸다. 들려온 소리로 미루어보아 발로 차기까지 하는 것 같았다. 나는 억지로 각성해버렸고, 기분이 무척 더러웠다. 짜증이 범벅된 얼굴로 문을 열었다.

부스스한 머리칼을 보고도 할멈은 미안하다는 말을 하지 않았다.

"뭐예요. 대체."

"시온이 정제실로 갔다는 얘기를 들었어. 그럼 이 방에서 같이 지내면 안 될까?"

"제가 왜요?"

"말했잖아. 나는 너무 외롭다고. 제발 다음 투표에선 날 죽여주고, 그 전까진 같이 있어줘."

할멈은 도저히 혼자 지내는 밤이 익숙하지 않다며 울먹거리는 목소리로 호소했다. 웬 날벼락인가 싶어 거절하려 했으나 그녀는 이미 발 한쪽을 쑥 들이민 상태였다.

반쪽을 상실한 책상에 본인의 짐을 와르르 쏟더니 이내 시온의 침대에 몸을 올려버렸다. 말리려 했지만 사탕이 회복시켜놓은 노인의 민첩성은 대단했다. 그녀는 이제 방을 같이 쓸 사람이 있으니 걱정을 덜었다며 제멋대로 안도의 숨을 쉬었다. 아니, 당신 마음만 있어? 내 마음은 신경도 안 써? 날 이용해먹은 주제에 어쩜 이리 뻔뻔할 수가 있지.

이기적인 노인 같으니라고.

"저는 할머니가 불편해요. 나가주세요."

"불편함은 감수할 수 있지만 불안함은 감수할 수 없잖아."

"사람은 누구나 혼자 태어나서 혼자 죽는데, 대체 혼자인 게 뭐 그리 무서워요?"

"죽는 순간까지 누군가와 연결되고 싶어 하는 것도 사람이야. 너는 그렇지 않니?"

할멈은 시온의 베개에 머리를 올렸고, 시온의 침구에 몸을 파묻었다. 왜 이렇게까지 하는 건지 전혀 납득되지 않았다. 심지어 혼자가 되고 싶지 않아 차라리 죽여달라고 하는 그녀의 나약함이 한심해 보일 지경이었다.

그녀는 이불 속에서도 몸을 살짝 떨었다. 밤새도록 홀로 거리를 배회한 새끼 고양이 같았다. 살 만큼 살아놓고서도 강해질 수 없는 그녀에게 코웃음을 쳐버렸다. 숨기지 못했고, 리카 할멈은 나의 조롱을 인지했다.

"저 메트 영감을 봤어요. 그 사람, 살아있어요. 무려 옆방에 숨어 있었어요!"

"확신하니?"

"네."

"어떻게?"

"직접 봤어요."

할멈이 몸을 일으키더니 나를 빤히 바라봤다. 온몸의 떨림이 모두 사라진, 매우 꼿꼿한 자세였다.

"네가 이곳에서 뭔가를 직접 봤다고 하는 건 처음이구나."

할멈답지 않게 덤덤한 대답을 끝으로 그녀는 곧바로 다시 누웠고 침구를 뒤집어썼다. 나는 그게 무슨 소리냐 반문했지만, 그녀는 대답하지 않고 자신을 괴롭히지 말란 답을 남겼다. 메트 영감은 분명히 죽었고, 자신은 남편을 잃었으며, 죽은 인간이 살아 돌아올 일은 없다면서 말이다.

"영감이 살아있다는 말이 기쁘지 않으세요?"

"날 이 방에서 쫓아내려고 하는 말인 거 다 안다."

"그런 거 아니에요!"

"안 속아."

할멈은 날 믿지 않았다. 나를 피해서 달아나는 비릿한 미소가 생생했다고 항변했으나 들은 척도 하지 않았다.

청백성에서 지내는 시간이 길어질수록, 이곳은 점점 더 나의 예측을 짓밟았다. 주민들은 내가 생각하는 대로 행동해주지 않으며, 내가 바라는 일은 일어나지 않으며, 자꾸만 최악의 상황이 갱신됐다. 녹아버린 아이스크림콘을 들고 하염없이 바라만 보는 기분이었다. 마음이 산뜻해질 일이 생긴다거나, 평탄한 일상으로 돌아갈 것 같지가 않았다. 이곳은 너무도 이상했다.

끓는 숨이 목구멍 밖으로 뱉어지지 않았다. 질식감을 느끼며 치를 떨었다.

"그럼 혼자 이 방에 있어요. 저는 나갈 거예요."

일단은 저 살인자 할멈과 같은 공간에 있고 싶지 않았다.

바깥으로 나가기 위해 문 앞에 선 순간, 할멈이 믿을 수 없는 속도로 침대를 빠져나와 나의 옷자락을 잡았다.

"같이 가."

"싫어요. 저 나가서 사탕도 분배받아야 해요."

"나랑 같이 가면 되잖아?"

"할머니!"

"여기에 혼자 있으면 내가 널 따라온 의미가 없어."

"차라리 외롭지 않게 제가 그냥 죽여드릴까요?"

"그래 줄래?"

"시발!"

나는 할멈을 다시 침대에 눕혔다. 그녀는 내가 나가면 당장 따라 나갈 셈이었다. 이제부터 죽기 전까지 자신을 혼자 둘 수 없다며 엄포를 놓기까지 했다. 고독을 덜어달라 요청하진 못할망정 협박을 하다니. 그녀는 예의를 연기할 수고로움조차 거부하며 구걸했다. 진심을 담아 외롭다고 호소하는 모습을 보자 나는 더욱 화가 났다. 외로움으로 뭉쳐져 꿈틀대는 한 마리의 짐승 같았다.

그녀의 안에 담겨 있는 우물을 들여다보면, 역설적으로 내가 비쳤다. 나는 타인이 가진 감정 따위를 알고 싶지 않다고 생각하면서도 한 인간의 처절한 표현에서 자유로울 수가 없었다. 할멈의 지난 말처럼 우리는 모두 개별적 존재였다. 그러나 결속될 수 없는 우리임에도 불구하고 나는 리카 할멈의 마음을 온몸에서 도려내지 못했다. 아무리 부정하려 해도 인정할 수밖에 없었다. 그녀를 미워하는 이유는 그녀와 나의 어떠한 부분이 닮았기 때문이다.

그렇기에 더욱 달아나고 싶었다.

말과 행동은 솔직할수록 손해였다. 너무 솔직하면 달아나고 싶어진다. 나는 이 거대한 감정을 도저히 받아줄 용기가 나지 않았다.

타인의 간절함을 차라리 짓밟아야만 도망칠 수 있었다.

"절대 나를 혼자 둬서는 안 돼."

"저한테 강요하지 말아요."

"너는 절대로 나를…… 읍!"

"가만히 있어봐요."

뭐라 뭐라 떠들어대는 할멈의 양 볼을 부여잡았다. 손에 힘을 줘 입을 다물 수 없게 만든 다음 재빨리 노란색을 욱여넣었다. 목구멍 끝까지 밀어 넣었고 목을 쥐어 억지로 삼키게 했다. 할멈은 캑캑거리더니 별수 없이 사탕을 삼켰다. 그녀가 죽길 바란 건 아니었기에 보라색도 함께 먹였다. 할멈은 자신을 재워놓고 달아날 생각이냐며 그러지 말라 외쳤지만 이미 내게 그녀의 목소리는 괴수의 울음에 지나지 않았다. 차라리 할멈이 솔라에게 복수하겠다며 눈에서 불을 뿜던 순간이 더 나았다.

난 원래 이렇게까지 나쁜 애가 아니었다.

내가 이렇게 된 건 전부 다 주민들 때문이다.

날 좀 내버려둬.

제발.

그녀는 사탕의 기운에 이기지 못하고 잠들었다. 초라하게 누운 모습을 보니 티끌만 한 죄책감이 느껴졌다. 베개의 각도를 바르게 맞춰주는 것으로 사과를 전했다.

"혼자 있고 싶지 않아……."

잠꼬대로도 고독을 뱉어댔다. 참 징그러운 사람이구나!

사람, 그래, 이 여자는 확실히 인간이다. 곁에 머무르고 싶지 않지만, 이 노인만큼은 단언컨대 사람이 맞았다. 기계로 만들어진 캔디 인간이 이따위의 유약한 마음을 토해낼 리가 없었다. 할머니, 혼자가 된다는 게 세상의 종말을 의미하지는 않는답니다. 당신이 혼자이든 누군가와 함께이든 이 세계는 변함없이 흘러가는데 대체 뭐가 그리 무서운 건가요. 할멈에게 해줄 필요가 없는 말이었다. 알려줘 봤자 그녀는 '내 세계는 타인이 없으면 완성되지 않아.' 따위의 말을 할 게 뻔했다.

뒤돌아보지 않고 방을 떠났다. 문득 깨달았다. 내겐 챙길 짐이 없었다. 그건 어디로 가도 흔적이 남지 않는다는 말과 같은 의미였다.

93층에 도착한 엘리베이터가 열리자 가장 먼저 보인 건 루나였다. 그녀는 정제실에서 사탕을 분배받고 돌아가던 길이고 나는 정제실로 가던 차였다. 우리는 행선지가 반대였음에도 서로를 인지한 순간 약속이라도 한 듯이 멈췄다.

다음 투표에서 루나를 뽑을 생각이었다. 그녀가 캔디 인간이라는 증거가 있어서가 아니었다. 관리인이 어떤 이유인지는 몰라도 우리 중에 반드시 캔디 인간이 있다고 했으니 이제는 소거법으로 접근하는 수밖에 없었다. 조원은 총 네 명이 남았으나 나와 시온은 제외, 리카 할멈은 징그럽긴 하지만 그 특성이야말로 진짜 인간이란 방증이니 역시 제외, 남은 건 루나뿐이었다.

루나는 회색 후드 주머니에 두 손을 찔러 넣은 채로 짝다리를 짚더니 정제실 문을 향해 고갯짓했다. 빨리 엘리베이터에서 나오란 뜻이었다. 나는 열림 버튼을 누른 채로 그녀에게 응수했다.

"루나, 넌 날 의심하고 있지?"

"난 무조건 네가 말하는 반대로 움직일 거야."

"무슨 의도지?"

"너에게 통제당하지 않겠다는 의도."

아무래도 내가 제 발로 나올 기미를 보이지 않자 그녀는 한 손을 꺼내 열림 버튼을 누르고 있던 내 팔을 잡았다. 살짝 힘을 줘 바깥으로 끌어버리고는 자신이 엘리베이터에 탑승했다. 우리 둘은 그녀의 의지로 인해 위치가 바뀌었다. 루나는 1층 버튼을 눌렀고 문은 느릿한 속도로 닫히기 시작했다.

점점 좁아지는 세로선 사이로 그녀가 손을 내밀어 막았다. 할 말이 있어 보였다.

"옥상의 칸나를 꺾은 건 네 짓이지?"

첫 번째 투표 직후에 테라가 내게 꺾어준 꽃을 말했다. 나는 고개를 끄덕였다. 루나의 역할 중에 꽃을 관리하는 일도 있었나? 어쩐지 꽃의 줄기가 쉬이 뽑히질 않더니만. 고약한 성질머리를 닮아 꽃의 목숨까지 질겼나 보다.

"마시안. 넌 정말 짜증 나는 애야. 그 칸나는 보통 꽃이 아니야. 인간을 추적하는 사탕비로부터 우리를 끝까지 숨기기 위해 인공 주파수를 뿜는 특수한 꽃이었어. 아무리 청백성이 사탕비가 내리지 않는 구역이라 해도 인간이 많이 모여 살면 피뢰침이 될 운명을 피할 수 없을 테니까. 근데 네가 한 송이를 가져간 탓에 주파수가 흐트러졌고, 이 구역마저도 노출된 거야. 다 네 탓이라고!"

"그런 걸 이제야 알려주면 어떡해? 나는 몰랐잖아."

"너만 없었다면 모든 걸 통제할 수 있었어."

"통제를 좋아하는 사람들은 다 너처럼 멋대로 구니?"

"입 다물어."

닫힌 건 내 입이 아니라 엘리베이터 문이었다.

루나는 내게 표를 던지겠단 말은 하지 않았다. 다만 알 수 없는 악의를 드러낸 채 사라졌다. 두 번째 투표와 세 번째 투표에서 그녀는 이미 나를 선택했다. 여태껏 줄곧 나를 캔디 인간이라 의심해왔단 의미겠지. 그럼 이번 투표에서도 날 찍겠다고 선언하면 되지 않나? 내 말에 반대로 행동하겠단 건 무슨 의도지? 간단히 전달할 수 있는 걸 복잡하게 말하는 사람들이 싫다. 의도를 두어 번씩 꼬아서 표현하는 것도, 어려운 말을 하는 것도 싫어.

정제실 왕좌는 주인이 몇 차례 바뀌어도 여전히 요란스럽게 빛났다. 새빨간 의자 위에 앉아 있는 시온은 꼭 오점 같아서, 정제실 전경을 어색하게 만들었다. 그는 솔라처럼 권위를 뽐내지 않았으며 테라처럼 빨간색을 독식하지도 않았다. 천 주머니에 골고루 사탕을 담아줬다.

"작업은 할 만해?"

"조금 어려운데 금방 적응했어."

"혼자선 지낼 만하고?"

"네가 깨어나기 전까진 늘 혼자 지냈던 거랑 다름없었으니까 혼자인 게 낯설지는 않아."

"난 아닌데."

가까이 다가갔다. 할로겐 조명이 비추는 영역에 발을 내딛자 따뜻한 온기가 온몸을 휘감았다. 불빛이 반사된 시온의 눈동자는 공허한 흰 달이었다. 생기가 느껴지지 않았다. 이 의자 위에서 태양처럼 타오르던 솔라와 달리 시온은 그저 억지로 놓아둔 조화일 뿐이었다.

"잠시 옥상에 가서 바람이라도 쐬자."

"여길 비운 적은 없는데."

"잠깐이면 돼."

시온의 손을 냉큼 잡았다. 그러고 보니 내가 먼저 너의 살갗을 만져본 건 이번이 처음이었다. 잠깐의 접촉만으로 지난번 느꼈던 부드러움이 다시 떠오를 정도로 그의 손은 여렸다. 내 쪽으로 당기려 했으나 당황한 시온이 손을 서둘러 자신의 몸 쪽으로 회수해버렸다.

선을 긋는 행동이 못내 서운했다.

"아, 미안."

"괜찮아."

시온은 쭈뼛거리며 일어나더니 정제실 기기를 일시 정지했다. 그리곤 삼중 자물쇠를 가져와 문을 잠갔다.

우리는 꽤 오랜만에 함께 계단을 올랐다. 그가 나보다 세 걸음 정도 앞에서 걸었고 나는 계단을 오르는 동안 시온의 반짝이는 은발 머리를 올려다봤다. 그는 층계참에서도 나를 돌아보지 않았다.

칸나꽃 사이에서 운동하는 테라는 이제 없었다. 그가 꺾어 줬던 꽃의 자리에는 새싹이 올라오지 않았다. 새로이 채워진 게 없는, 몇 가지를 상실한 옥상 바닥에 엉덩이를 붙이고 앉았다. 시멘트를 뚫고 올라오는 냉기가 느껴졌다. 먼발치에서 파도 소리가 들렸고, 하늘은 주홍으로 물들었다. 우리 사이에 쌀쌀한 바람이 들이치는 게 싫어 손가락 한 마디 정도 그의 곁으로 다가갔다. 시온은 물끄러미 나를 보더니 피하지 않았다.

그제야 안심이 됐다.

"나 보지 말고 하늘만 봐."

그는 고개를 치켜올려 광활한 풍경에 시선을 고정했다.

"어쩌면 우리가 바라보는 마지막 노을일 수도 있어."

"무섭게 그런 말 하지 마."

"다음 투표에서 네가 죽을지, 내가 죽을지 아무도 모르잖아."

"우린 안 죽어. 둘이 합심해서 루나를 뽑자. 그러면 되잖아?"

"루나가 휴머노이드란 증거가 있어?"

나는, 원한다면 많은 말을 꺼낼 수 있었다. 리카 할멈은 사람이 맞는 것 같고 6614호 주민이 메트 영감이었다는 정보까지, 여러 가지로 호들갑을 떨 수 있었다. 하지만 무겁게 가라앉은 시온의 목소리는 내게 어떤 동기도 주지 않았다. 그는 다만 팔 하나를 들어 올렸다. 바람이 부는 방향대로 소맷자락이 펄럭였다. 찻잔 속에 담긴 티스푼처럼 유려하게 팔을 흔들었다. 손끝이 꼭 구름을 움직이는 것 같았다. 나는 그 모습을 가만히 지켜봤다.

그래, 우리 건조한 이야기는 관두자.

좀 더 자주 놀러 올까? 산책한 다음 같이 자이로드롭 타러 갈까? 나는 그에게 많은 것을 묻고 싶었다. 주로 사소한 물음들이었다. 주홍빛으로 물든 하늘이 무척이나 아름다우니 즐거운 이야기를 해보고 싶었다. 캔디 인간 연구에 관한 정보나

이 성의 숨겨진 무언가 따위는 입 밖으로 꺼내지 않기로 했다. 느릿하게 젖어 드는 석양의 풍경을 망치기 싫었다.

나는 우리의 관계가 어떤 식으로든 망가지지 않길 바랐다.

너무 많은 걸 묻고 싶을 때는 침묵이 최선이라는 그의 말이 이제야 어렴풋이 이해가 됐다. 단 하나의 물음표도 뱉어내지 못했다.

"시안아. 캔디 인간과 사람은 공존할 수 없는 걸까?"

시온이 힘없이 팔을 거두었다. 두 손이 옥상 바닥에 차분히 내려앉았다. 차가 울 테니 잡아주고 싶었다.

"걔넨 만들어진 목적이 있다며. 그 목적대로 움직이지 않으면 존재 이유가 없잖아."

"목적을 상실하면 존재 이유가 사라지는 거야?"

"캔디 인간 같은 휴머노이드는 그렇지."

"그렇다면 사람은?"

시온을 바라보는 내 눈이 기어가는 애벌레처럼 수축했다. 정말이지 이 소년은 단 한 순간도 내 마음처럼 행동해주지를 않았다. 미간을 찌푸려 고개를 돌려버렸다. 왜 갑자기 이런 얘기를 꺼내는 걸까.

그들은 사람의 명령에 따라 사탕비를 회수하기 위해 태어났다. 하늘에서 내려오는 재앙이, 마치 지능을 가진 악마들처럼 사람만을 괴롭히려 하니 어쩔 수 없이 만들어진 죽음의 대체재였다.

부여된 지능을 악용하여 제 목숨을 부지하고자 사람의 뜻을 배신했다. 만든 이를 등지는 물건은 존재할 가치가 없다. 적어도 우리 인간은 그렇게 생각하고 있다. 하루빨리 위장 중인 캔디 인간을 잡아내 그들을 물건의 자리로 되돌려놓고, 보다 완벽한 물건을 재생산해야 했다.

그러면 사탕비 채굴을 위해 시체를 양동이로 쓰는 일은 사라질 거다. 우리가 이렇게 불안한 시선을 나누는 일도 없어질 거고.

사람의 존재 이유는 오직 '살기 위함'이다. 사람인 척 위장하려는 그들을 죽음으로 내몰면서까지 우리는 살아남고 싶은 거야.

"난 의지가 있는 존재를 죽이고 싶지는 않아."

"시온, 갑자기 왜 그래? 넌 침착한 사람이었잖아."

"난 지금도 침착해."

"너 하나가 자비를 보여도 아무 소용이 없어."

"얼마나 무서울까? 자기를 죽이려는 존재들까지 다 수긍해야만 끝까지 인간인 척을 할 수 있다는 게."

나는 이런 말을 나누고 싶지 않았다. 곧 있으면 석양이 모두 져버리고, 저 하늘에 다시 삭막한 어둠이 들어찰 텐데, 너와 이런 대화를 나누려고 온 게 아니었다.

무섭지 않아. 불안하지도 않아. 다만 혼란스러워. 투표에 적극적으로 참가한 게 잘못이었던 걸까. 나도 너처럼 한순간도 누군가를 섣불리 의심하지 않고, 죽이지 않으려 해야 했던 걸까. 그거야말로 제대로 된 침착함이었으려나.

이상한 말을 해도 넌 사람이잖아. 확실하잖아. 우리 같은 사람끼리 건조한 대화는 하지 말자. 둘이 있는 순간만큼은 따뜻한 얘기만 나누면 안 되니. 꽃은 붉고, 하늘은 타들어가고, 파도는 반복되는데 왜 너만 낯선 사람처럼 구니. 내가 여기에서 믿을 만한 존재는 오직 너뿐인데.

우리는 특별하다고 믿었는데.

"시온. 날 좀 안아줘. 나 불안해."

"안 돼."

"왜?"

"난 널 위로할 수 없어."

"왜."

"우리는 모두 외롭고 혼자야. 난 네가 뭘 기대하든 그 기대에 부응할 수 없어."

"왜!"

화가 났다. 자꾸 그런 거창한 말만 하지 말고 그냥 안아줄 수도 있잖아. 잠깐이나마 내 마음을 이해하는 척만 해주면 되는 일이었다. 어려운 일이 아니었다.

찬 바람이 몰아쳤다. 그의 은발과 나의 흑발이 바람에 나부끼며 멋대로 뒤엉켰다. 너와 나는 아까부터 계속 다른 생각을 하고 있네. 잠든 1년 동안 줄곧 내 옆을 지켜줬으면서 끝내 친구가 될 수는 없는 거야? 자꾸만 내 마음을 알아주지 않으려는 시온이 끔찍했다.

서늘한 마음을 품은 순간, 그가 괴물로 보였다. 신비로운 남색 눈동자가 끝없는 우물처럼 음침해 보였고, 희멀건 팔은 죽은 시체의 것처럼 섬찟했다.

자리를 떠야 했다. 힘껏 일어선 내 손을 도리어 시온이 잡았다.

"나쁘고, 의심하고, 모방하고, 외로운 존재. 결국 그런 것들은 전부 다 사람에게도 있어. 우리는 캔디 인간과 다를 게 아무것도 없을지도 몰라."

"네가 말한 기계의 본성은? 기계들의 시스템엔 가소성만 있다며. 그럼 사람이랑은 전혀 다른 거잖아."

"만약 그 가소성이란 게, 환경을 극복하려는 시도라면 달라져. 자신에게 주어진 오류에 영향을 받아 왜곡됐지만, 변화를 인정하고 극복하려 한다면, 그건 더 이상 기계의 본성이 아니야. 관성보다 더욱 찬란한 마음이야.”

“네가 하는 말이 하나도 이해가 안 돼. 지금 누군지도 모를 캔디 인간이 기계의 본성을 뛰어넘고 있다는 거야?”

“그럴지도 몰라.”

“됐어. 알고 싶지 않아.”

“부모님이 마지막까지 했던 연구는 인간과 휴머노이드의 공존을 증명하는 일이었어. 난 부모님의 의지를 믿어야 해. 그러니까 너마저도 나는 용서할 수 있어.”

시온의 팔을 밀쳐냈다. 미움을 잔뜩 담은 표정으로 진저리를 치는 나를 시온은 슬프게 바라보았다.

네 부모님이 무슨 일을 했는지 내가 알 게 뭐야!

알 수 없는 이야기를 하지 마. 어려운 말을 하지 마. 나에게 자꾸 검증할 수 없는 정보를 주지 마. 나는 계속해서 추측해야만 하는 게 싫었다. 해석을 덧붙이고 덧붙이고 다시 또 덧붙이는 일을 반복하고 싶지가 않았다. 더 고민하고 싶지도 않았다. 간단하게 살면 안 돼? 그냥 이번엔 루나를 뽑자고……. 개소리는 그만하고…….

용서는 또 뭔 놈의…… 용서.

방으로 돌아가고 싶지 않았다. 사방이 꽉 막힌 사막의 원룸, 에어컨과 선풍기 없이 더위 속에 방치된 기분이었다. 끈적한 습도와 열기에 압도되는 듯이 내 마음의 문이 닫혀갔다. 왜 우리는 서로에게 위로가 될 수 없는 걸까.

서로에게 의지하지 못하는 걸까.

리카 할멈의 말대로 우린 모두 지극히 개별적인 존재니까? 너무나 외롭고 고독한 존재라 섣불리 타인에게 힘이 돼줄 수 없으니까? 그렇게 생각하고 싶지 않았다. 나는 여전히 용감하고 청백성의 지옥 같은 투표에서 살아남기 위해 애를 쓰고 있다. 시온도 마찬가지였다. 그 여린 소년이 충분히 강인하다고 생각했다. 똑똑하고, 침착하고, 때로는 엉뚱한 면도 있었다. 그런데 왜 나약한 말을 해. 그렇지 않아. 우리는 모두 강하잖아, 이겨낼 수 있다고⋯⋯. 절대 외롭지도, 고독하지도 않다고⋯⋯.

그래, 이건 숨이 막히는 답답함이다. 아무리 애를 써도 타인에게 나의 마음을 뒤집어씌울 수 없다는 것에서 오는 무력감이기도 했다. 어째서 사람들은 다 나처럼 생각하지 않는 걸까. 혹시 나를 제외한 모든 이들이 사실은 캔디 인간인 건 아닐까. 이 청백성에 살고 있는 모든 주민에게 각자의 마음이 있다는 점이, 전부 다른 존재라는 게 소름 끼쳤다.

싫었다.

마지막으로 메트 영감을 쫓던 36층으로 향했다. 그는 한 번도 내 눈에 띈 적이 없던 것처럼 말끔하게 사라졌다. 흔적도, 증거도 없이.

그러고 보니 36층은 테라가 정제인이 되기 전 지내던 층이기도 했다. 그럼 그가 정제인이 된 후에 빈방이 생겼을 거다. 리카 할멈과 방을 같이 쓰긴 싫으니 관리인 몰래 테라의 방으로 옮겨야겠다고 마음먹었다.

어라?

생각해보니 이상했다. 한 명씩 색출해서 처형을 집행하는 이 투표는 내가 잠들어 있는 동안에도 수차례 반복됐다. 수많은 사람이 죽었단 뜻이다. 공실이 많이 생기는 게 정상일 거다. 하지만 시온은 모든 방에 주민이 배정되어 있다고 했었지.

그럴 수가 있나.

쾅쾅쾅.

3601호부터 사정없이 두드렸다. 누군가 있다면 나와봐요, 정말 모든 방에 사람이 있나요, 전부 빈방은 아닌가요.

쾅쾅쾅쾅.

방문을 두드리는 명분이 있었다. 저는 '테라'라는 주민이 살던 방을 찾고 있어요. 아무나 계신다면 나와서 말해주세요. 테라가 몇 호실에 살았는지만 알려주세요. 사람이 있다면 증명해주세요, 여기는 자신의 방이고, 오래전부터 살고 있었고, 결코 수상한 공간이 아니라는 걸.

콰직.

3601호의 문이 열렸다. 주인이 열어준 게 아니었다. 멋대로 두드려댄 탓에 힘을 이기지 못하고 부서졌다. 망설임 없이 문고리를 잡아 문을 활짝 열어젖혔다. 1인용 방, 싱글 침대 하나와 책상이 보였다.

"저기요."

검은 머리칼을 가진 소녀가 있기에 불러보았으나 답은 없었다. 일직선으로 곧게 뻗어 누워 있는 모습에선 어떤 생기도 느껴지지 않았다. 기묘한 느낌에 털이 쭈뼛 섰다. 나는 절박한 마음이 들어 그녀의 어깨를 잡고 흔들었다. 갑자기 여기에 죽은 사람이 있는 게 이상하잖아. 일어나서 말해봐요. 노란색을 많이 먹어서 오래 잠든 것이면 납득이 되겠어. 그녀의 입을 조금 벌려 초록색과 보라색을 먹였다. 생체 기능은 하고 있는지 침이 분비됐고 사탕이 입 안에서 녹기 시작했지만 소녀는 깨어나지 않았다.

처음으로 발견한 방 안의 주민이었다. 어쩌면 그녀는 내가 가진 의심들을 해소해줄지도 몰랐다. 하지만 아무리 기다려도 깨어날 기미가 보이지 않았다. 입 안의 사탕은 이미 다 녹아 사라진 상태였다.

책상 위에는 손바닥 한 뼘만 한 노트가 있었다. 겉표지를 열자 빼곡한 글자들이 보였다.

사람이 정말로 싫어, 싫어, 싫어…….

이미 읽어본 적이 있는 내용이었다. 한 장을 넘겼다. 그 뒷장, 그다음 장, 그다음의 다음 장 글자도 낯익었다. 이 소녀의 일기장이어선 안 되는 노트였다. 분명 솔라가 쓴 것이었는데…….

소녀에게 다가갔다. 왼쪽 가슴에 이름표가 부착돼 있었다. 그 이름표 위에 손을 얹으며 들여다본 순간 내 몸은 돌처럼 굳어버렸다. 처음 보는 소녀가 소유한 이름은 **마시안-3601**. 부정할 수 없는 나의 이름이었다. 나는 참지 못하고 이불을 확 들쳐버렸다.

누워 있는 소녀에겐 몸의 일부가 없었다.

"봤어요?"

뒤에서 관리인의 목소리가 들려왔다. 고개를 꺾어 돌아보기도 전에 뒤통수에 묵직한 타격감이 느껴졌다. 곧이어 의식이 흐려지더니 나의 세계가 소등됐다.

네 번째 투표,
관리인

　며칠을 기절해 있던 걸까.

　눈을 뜨니 투표장이었다. 평상시와 달리 저녁에 투표가 소집됐다. 관리인은 곧 사탕비가 내릴 시간이니 10분 내로 캔디 인간을 색출하라며 시작부터 압박을 넣었다. 점점 투표는 속전속결이 돼버렸다. 3601호실에서 겪은 일을 머리에 정리하지도 못한 채 의식이 돌아오자마자 조원들을 마주해야 했다.

　누가 날 여기로 데려온 거지? 아무도 내가 기절했다가 깬 것에 의아함을 느끼지 않아?

　뭔가 잘못되고 있었다. 마지막에 들은 목소리는 분명 관리인의 것이었으며 두 눈을 감는 순간 시아에는 메트 영감도 함께 있었다. 우리가 모르는 계략이 존재했다.

적어도 내게 설명은 해줘야 했다. 이게 어떻게 된 일이고, 그 마시안이라는 소녀는 누구인지. 아무것도 모른 채로 다짜고짜 투표를 할 수는 없었다. 대체 뭐가 어떻게 굴러가고 있는 상황인지, 이제는 감도 잡히지 않았다.

리카 할멈은 시작과 동시에 자신에게 표를 던졌다.

"이번엔 날 죽여. 혼자가 되는 것보다 죽는 게 나아."

그러자 시온이 반박했다.

"할머니, 이 투표는 죽을 사람을 고르는 게 아니라 캔디 인간을 색출하는 투표잖아요. 이성적으로 생각해요."

노파의 의지는 굳건했다.

"누군간 뽑혀야 하잖아. 그냥 나를 캔디 인간이라 생각해."

아니다. 리카 할멈은 캔디 인간이 아니다. 그녀가 오랜 세월 동안 쌓아온 징그러운 고독은 틀림없이 인간의 것이었다. 나는 본능적으로 그녀를 인간이라 확신했다. 복수심에 솔라를 죽였어도 리카 할멈만큼은 사람이 맞으니 마음 편히 캔디 인간으로 치부할 수가 없었다.

회색 후드를 뒤집어쓴 루나가 느슨해진 안경을 치켜올리며 물었다.

"마시안, 넌 누굴 뽑을 거지?"

그야 당연히 너지. 아무리 생각해봐도 지금은 네가 아니면 뽑을 자가 없잖아. 그렇다면 캔디 인간이란 건 본질적으로 어떤 의미지? 잘 모르겠다. 어떤 모습이 캔디 인간다운 건지 스스로 정의 내릴 수가 없어. 여태껏 늘 타인의 기준으로 판단해왔으니까.

머리가 혼란스러웠다. 지금은 투표가 중요한 게 아닐지도 모른다. 나는 모두에게 36층에서 죽은 듯이 누워 있던 소녀를 발견했다고 말했지만 아무도 관심을 주지 않았다. 시온 역시 고개를 숙인 채로 말을 하지 않았다. 그는 투표마다 매번 소극적인 모습을 보여줬으나 이번에는 확실한 회피였다. 숙연한 표정에는 나의 의견에 어떠한 첨언도 하지 않을 거란 의지가 있었다. 루나는 거듭 나를 채근했다.

"마시안, 누구를 뽑을 거냐고 물었어."

"뭔가 이상해. 난 분명 36층에서 갑자기 기절했고, 그때 관리인과 메트 영감이 같이 있는 걸 봤어."

"마시안, 그래서 누가 캔디 인간이라고 생각해?"

"뭐야? 내 목소리가 음소거라도 된 거야? 왜 다들 못 들은 척해!"

모두가 의문을 무시했다. 루나의 이름에만 붙어 있던 검은 얼룩이 빠른 속도로 확장됐다. 내 세계의 가장자리부터 검게 물들이더니 기어코 온몸을 집어삼켰다. 투표장에는 네 명이 동그랗게 둘러앉아 있지만 나만 하나의 그림자가 됐다. 그 누구도 내 얘기를 들어주지 않았다.

심장이 배를 뚫고 양쪽 발 사이로 추락했다. 시체가 된 듯이 온몸이 차분해졌다. 의문에 들끓던 피가 차갑게 굳는 느낌이었다.

"대답해. 누가 캔디 인간 같냐니까?"

"그게 그렇게 중요해? 일단 리카 할멈은 사람일 거야. 하지만 지금 그보다도……."

"그래? 그럼 난 너랑 반대로 할멈을 캔디 인간으로 지목하겠어."

루나는 리카 할멈에게 표를 던졌다. 시온은 기권, 나는 루나에게 표를 던짐으로써 모든 과정이 종료됐다.

뻐꾸기가 시계에서 튀어나와 시끄럽게 울어댔고, 총 두 표를 받은 리카 할멈의 터치패드에는 'X' 표시가 출력됐다. 할멈은 마침내 죽게 돼 기쁘다며 짐승처럼 울부짖었다. 혼자 남겨지지 않아도 된다는 기쁨은 뒤틀리다 못해 왜곡된 욕망을 여실히 표출했다. 할멈은 죽고 난 이후에 알게 될 거다. 사실 하늘에 메트 영감은 없다. 그는 알 수 없는 이유로 살아남아 청백성 어딘가를 기웃거리고 있고, 당신은 죽어봤자 하늘에서도 결국 혼자이리라.

고독은 죽음으로 해결되지 않아.

내가 아는 것들을 알아줄 리 없는 할멈의 웃음과 울음이 쉬지 않고 뒤섞였다. 듣다 못한 집행자들이 자비 없이 할멈의 양손을 묶어 결박했고, 투표장 바깥으로 끌고 나갔다.

수차례 반복된 투표, 거듭된 처형.

이제 나는 아무런 느낌이 들지 않았다.

무자비한 사탕비가 쏟아졌다. 저녁 어둠 속에서도 지지 않으려는 잔인한 색감이 세상을 덮었다. 관리인은 리카 할멈도 사람임을 확인했고, 그건 무척 당연한 결과였다. 첫 투표에서 메트 영감의 비명을 듣고도 덤덤했던 시온처럼 나도 덤덤하게 결과를 받아들였다. 뒤늦게 알게 됐다. 그때 시온은 감정이 없는 게 아니었다. 타인의 죽음에 무심한 것은 더더욱 아니었다. 다 엉켜버린 실타래를 더 이상 풀지 못하고 포기하는 일처럼, 너무 많은 감정의 엉킴을 외면했을 뿐이다.

이 마음을 꺼내 차곡차곡 풀기 시작하면 큰일이 날지도 모르니까.

나, 시온, 루나. 이렇게 3인이 살아남았다. 이 중에서 단 한 사람만 더 죽으면, 그러니까 딱 한 번의 투표만 더 이겨내면 해방된다. 같은 조원으로 다시 투표조를 배정하는 규칙은 없기 때문이다. 하지만 그게 무슨 소용인가.

이곳에선 너무나 많은 일들이 벌어진다. 그 누구도 믿을 수 없다. 나를 불안하게 바라보며 먼저 투표장에서 나가는 시온의 뒷모습마저도 이제 나는 슬프게 바라보지 않았다. 타인이 내 곁에 있어주리라는 믿음이 허약하게 부서졌다.

드디어 나는 완전한 외톨이가 됐다.

루나가 내 앞을 막아섰다. 그녀의 얼굴은 늘 폐쇄된 공간에만 있어 달처럼 창백했다. 물끄러미 보는 것만이 내가 할 수 있는 최대한의 반응이었다. 방으로 돌아가려 했으나 그녀가 내 손목을 낚아채는 속도는 빨랐다.

"다음번엔 기어코 날 죽일 거지?"

"몰라."

"시온에게 절대 투표하지 않을 거잖아. 둘이 짜서 날 캔디 인간으로 몰아갈 거잖아."

"몰라. 나 이제 아무 생각도 없어."

"자포자기한 거야? 여태껏 꾸역꾸역 살아놓고?"

"그러는 너는 뭐가 다른데?"

관리인은 우리의 소란이 흡족한 듯한 얼굴이었다. 즐거운 영화라도 감상하는 양 팔짱을 끼고 입꼬리를 당겨 올린 모습이 교활해 보였다. 저 사람, 말로만 듣던 그 무서운 사이코패스일지도 모른다. 생명을 저당 잡힌 사람들끼리 서로를 의심하는 판을 꾸며서 즐기는 거 아니야?

됐다. 따질 기력도 없었다. 우리는 이미 투표에 참가한 순간부터 자율성을 잃었다. 청백성에 대해 속속들이 아는 사람이 얼마나 될까. 보이지 않는 유리는 깰 수 없고, 잡지 못하는 바람은 가둘 수 없다. 비대칭적인 정보를 갖고서는 상대를 이기지 못한다. 우리는 그냥 커다란 계략에 놀아날 수밖에 없다. 루나, 너도 포기해. 셋 중에 아무나 죽으면 끝날 일이야. 투표에서 절대 캔디 인간으로 의심받지 않겠다는 열의는 사멸해버렸다.

될 대로 돼라. 몰라.

"마시안, 캔디 인간을 찾겠답시고 설칠 때는 언제고 이제는 동태눈깔이 됐네?"

"마음대로 생각해."

"난 처음부터 지금까지 네가 쭉 싫었어."

"이유를 물어주길 바라지? 근데 안 궁금해. 계속 싫어해도 돼."

루나는 입술을 잘근잘근 깨물며 몸을 부르르 떨었다. 날것의 말 없이도 상대에게 모멸감을 주는 법을 배웠다. 얼떨결에 습득한 기 싸움 비결이었다. 루나는 조만간 만날 일이 있을 거라 선언한 뒤 자리를 박차고 나가버렸다.

투표장에는 나와 관리인만 남았다.

"루나에게는 묻고 싶은 게 없다 해도, 나에게는 있죠?"

메트 영감은 왜 살아있고 당신과 무슨 관계며, 36층에서 내가 본 소녀는 누구이며, 왜 나와 이름이 같은지, 왜 나를 기절시켰는지, 머리엔 오직 질문으로만 이뤄진 태산이 박혀 있었다. 나는 그 산을 조금이라도 깎아볼까 하다가 관두었다.

"이제 다 재미없나요?"

"재미요?"

"열정이 보이질 않네요. 매사에 노력형이라 좋았는데."

"퍽이나 고맙네요."

"투표도 다 끝나가는군요. 그렇죠?"

"저는 당신이 둘 중에 하나라고 생각해요. 1번, 사이코패스. 2번, 휴머노이드. 둘 중에 뭘로 해줄까요?"

"직접 보고 경험한 대로 정의해요. 그럼 난 당신에게 어떤 존재든지 될 수 있죠."

여유가 넘쳤다. 반복되는 투표에서 어떠한 감정도 섣불리

꺼낼 수 없게 됐을 때 나와 시온은 덤덤해졌다. 그러나 관리인은 보란 듯이 기쁨을 표출하는 중이었다. 누군가를 없애는 환경에서도 미소 짓는 저자는 아무리 좋게 쳐줘도 미치광이일 뿐이다.

"내가 당신을 캔디 인간이라 생각해도 상관없어요?"

"상관없어요. 나는 나를 사람이라고 확신하니까요."

"그건 여기 모두가 다 마찬가지예요."

"시안 양은 어떻게 확신하죠?"

"그야 당연히 나도 사람이니까요."

관리인이 엘리베이터 옆에 놓인 화분을 향해 다리를 쪼그리고 앉더니, 넓은 소맷자락을 걷었다. 그녀는 표면의 흙을 살짝 긁어 바닥에 흩뿌렸다. 따라 해보라는 몸짓이었다. 나는 그녀의 곁으로 다가가 같은 자세로 쪼그려 앉아 흙 위에 손을 올려뒀다. 표면을 똑같이 긁어볼까 하다가 손톱에 흙이 끼는 건 싫어 멈췄다.

"이 화분 안에 뭐가 들어 있는지 알아요?"

"흙밖에 없겠죠. 이 상태로 오래 방치된 화분이니까요."

"경험하기 전까지는 속단하지 말 것. 그게 뭐든 간에."

관리인이 내 손 위에 자신의 손을 포갰다. 교활한 웃음과 달리 촉감은 따뜻하고 부드러웠다. 타인의 피부에서 느껴지는 온열감이 가슴까지 닿았다. 시온을 품에 안았을 때처럼 한순간에, 그녀가 알파메탈로 이뤄진 기계 덩어리가 아닌, 진짜 사람이라는 걸 느껴버렸다. 단지 촉감을 공유했다는 사실만으로. 그것이 너무나 인간적인 온도를 가졌다는 사실만으로.

타인의 온도에는 내가 갖지 못한 힘이 있었다.

그녀가 힘을 줘 내 손을 흙 안으로 밀어 넣었다. 작은 화분의 중간쯤까지 파고들어갔을 때 무언가를 잡을 수 있었고, 꺼내 올려 흙을 털었다. 물체는 오랜 시간 동안 빛을 받길 고대한 듯이 요란한 황금빛으로 번쩍였다.

"이 마스터키로 어떤 호실이든 열 수 있어요. 2층부터 92층까지 한 층당 40개에 달하는 호실 모두요."

모든 곳을 다 열 수 있다면 분명 청백성에서 매우 중요한 물건이었다. 중요하다는 말은 달리 생각하면 가장 위험하다는 말과 같았다.

나는 그녀에게 열쇠를 돌려주려 했지만 받지 않았다. 다시 흙 속에 파묻으려 하자 그녀가 발로 밀어 화분을 아예 엎어버렸다. 오래도록 열쇠를 품고 있었던 집이 사라졌다.

손바닥에 올려진 마스터키를 내려다보았다. 다시 넣을 곳이 없었다. 또한 나는 다시 돌아갈 곳이 없다. 이제 리카 할멈이 사라져 6615호는 자유의 호실이 됐지만, 시온이 없는 방에 혼자 남고 싶지 않았다. 대신에 나는 정신을 잃었던 36층, 그곳으로 돌아갈 필요가 있었다. 내가 직접 본 것이 무엇인지 알아야 했는데, 무슨 일이 일어나든 기쁜 일은 없을 거란 걸 직감했다.

"시안 양, 캔디 인간이 이 성에 들어오기 전에 어떤 존재였는지 아나요?"

"제가 그걸 알고 있다면 투표에서 계속 헛다리를 짚진 않았겠죠."

"헛다리라. 아직 모르겠나요?"

"무엇을요?"

"전부 다요."

"무슨 말이 하고 싶은 건데요?"

"테라의 호실은 맨 끝 방이에요."

"순순히 보내줄 거면서 아깐 왜 뒤통수를 후려갈겼어요?"

"ㅎㅎㅎㅎ. 모든 일에는 **순서**가 있어서."

이번에 관리인은 열쇠 대신에 손바닥을 내밀었다. 길 잃은 강아지를 인도하는 듯 한껏 관대한 표정까지 지어 보였다. 손이 이끄는 대로 엘리베이터에 탑승해 '36' 버튼을 눌렀다. 이것은 무기력함이 아니었다. 그렇다고 진실을 마주하고자 하는 열의도 아니었다. 나는 관리인의 눈동자 속에서 놀아나는 듯이 그녀가 바라는 대로, 동시에 나의 의지대로 움직였다. 두 마음의 중첩은 기분 나빴다. 관리인이 뒷짐을 지고는 등을 돌리자 엘리베이터는 하강을 시작했다. 36층에 다시 서기까지는 많은 시간이 걸리지 않았다.

나는 생각하기를 멈췄다. 혹은 너무나 많은 생각이 몰아쳐서, 판단하기를 유예했다. 극과 극의 상태지만 나는 둘 중 하나였다.

문을 열고 싶었다. 혹은 문을 절대로 열지 않고, 관리인이 암시하는 바를 실행하고 싶지 않았다. 이것 역시 극과 극의 상태지만 나는 반드시 둘 중 하나였다.

문고리를 잡은 손가락이 멋대로 덜덜거렸다. 힘이 들어가는가 하면 제멋대로 빠지기도 했다. 이 문을 열면 새로운 정보를 알게 될지도 모른다. 역설적으로, 그 정보를 직접 보고 싶지 않다는 마음이 차올랐다.

여태껏 나는 용감했다. 무자비한 투표에서도 도망치지 않고 적극적으로 캔디 인간을 탐색했다. 나는 이 문을 힘껏 열어젖혀도 돼! 근데 왜 그럴 수가 없지. 나는 무엇을 거부하고 있지…….

보았던 얼굴과 이름표가 그대로였다. 청백성 주민 중 본 적 없는 존재가 너무나 익숙한 이름을 가슴에 매달고 있다. 소녀의 이름표를 뜯어 요리조리 돌려봤다. 솔라에게서 받은 이름표와는 호실 숫자만 달랐다. 우연이란 녀석은 운명만큼이나 얄궂어서, 대비하지 못한 시점에 불쑥 찾아왔다. 소녀와 나의 이름이 똑같은 것도 그 '우연'이 저지른 장난 아닐까? 나는 단순하게 생각하기로 했다. 동명이인이 청백성에 하나쯤은 있어도 이상하지 않겠지. 하나, 그렇다면 솔라의 것이라고 했던 일기장은 왜 여기에 완전한 상태로 보존돼 있는 걸까?

소녀는 누워 있는 와중에도 주먹을 쥐고 있었다. 먼지 속을 휘젓듯 끔찍한 표정을 지으며 손끝으로 그녀의 주먹을 훑트려놓았다. 펼쳐진 손 안에는 몽당연필이 있었다. 일기를 기록한 주체가 자신임을 주장하는 모습이었다.

나는 문득.

도망치고 싶다는 충동이 들었다.

이유는 모르겠지만 속이 매스꺼웠다.

절대 알아선 안 되는 거대한 진실에 자꾸만 가까워졌다.

비척거리며 3601호 밖으로 달아났다. 머리 위에 아지랑이가 피어나는 감각이 일었다. 가만히 서 있어도 어지러웠다. 지구의 자전에서 나만 소외된 것처럼 온 사방이 핑그르르 돌아갔다. 정신을 차리기 위해 주머니를 뒤져 사탕을 찾아봤지만 남아 있지 않았다. 정제실까지 가기엔 식은땀이 무척 많이 흘렀다. 3602호 주민에게 급히 도움을 청했다.

"계세요? 제발요. 문 좀 열어주세요!"

누군가의 개인 영역에 마스터키를 꽂고 싶지 않았다. 최소한의 예의범절은 지키는 사람이라고. 하지만 아무리 간절하게 호소해도 주민은 나오지 않았다. 제발, 제발! 어지러워 죽을 것만 같다고요. 그 옆 3603호 문도 거칠게 두드렸으나 응답이 없었다. 3604호, 3605호 모두 마찬가지였다. 복사 붙여넣기를 반복한 듯이 동일한 모습으로 나열된 백색 문은 내게 그 어떤 목소리도 들려주지 않았다.

"내 탓 하지 마세요."

어쩔 수 없이 마스터키를 이용해 3606호 도어록을 강제로 해제하여 문을 열었다. 방 안에는 당연하게도 사람이 있었으나 침대에 가만히 누워만 있었다. 나는 그 혹은 그녀에게 적당한 도움만 받고 나올 작정이었다. 실례를 무릅쓰고 다가가 떨리는 몸을 부여잡고 부탁했다. 그저, 건강을 회복할 사탕만 주면 해결될 일이었다.

그런데.

피가 쑥 빠져나가는 듯했다. 누워 있는 주민의 생김새가 3601호와 똑같았다. 가슴팍에는 '마시안-3606'이라고 적혀 있다. 청백성에 쌍둥이 주민도 있나? 있을 가능성도 있지. 침착하자. 아까부터 마음속 깊은 곳에서 기분 나쁘게 꿈틀대는 생각에게 먹이를 주지 말자. 가슴에 괴물을 품어선 안 돼. 모든 세상이 검은 얼룩에 물들었어도 그 괴물만 불러들이지 않으면 나는 버틸 수 있어. 침착하자, 침착.

머릿속에서 나를 지탱하는 가느다란 실이 끊기려고 했다. 이런 곳에 오래 있을 필요가 없어. 3607호 도어록에 허겁지겁 마스터키를 갖다 대고 문을 열었다. 빌어먹게도 똑같은 소녀가 누워 있었다. 애처로운 손 안에는 몽당연필이 쥐여 있었다. 3608호 문을 열었다. 보이지 않았으면 하는 소녀가 또 누워 있었다.

3609호, 3610호, 3611호.

모두 같은 얼굴을 한 소녀들이었다.

소녀의 목덜미에 손가락을 접촉해 체온을 확인했다. 관리인의 피부와 달리 온기라곤 모두 사멸한 듯했다. 차갑고, 단단했다. 소녀는 시체이거나 아예 사람이 아니었다. 하지만 콧구멍 밖으로 미약하게 숨을 내뿜고 있었다. 생체 활동을 하면서, 사람이지는 않은 존재……. 36층의 주민은 전부 캔디 인간들이란 말인가? 단 한 구가 아니었단 말인가?

관리인은 비밀을 알고 있었다. 내가 직접 이 현장을 보도록 마스터키까지 쥐여줬다. 그 여자의 의도에 따라 나는 지금 보란 듯이 놀아나고 있다. 이런 상황을 좋아하지 않는다. 차라리 내게 모든 걸 알려주고 부탁을 해. 이렇게 해달라, 저렇게 해달라 부탁을 하라고! 비겁하게 자기만 무언가를 알고 내게는 알려주지 않잖아. 난 추리하는 일 따위에 관심 없다. 일일이 증거를 수집해서 사건의 전말을 알아내는 번거로운 작업은 딱 질색이다. 투표에서 누가 캔디 인간인지 탐색하는 일만으로도 충분히 지쳐버렸는데, 이런 말도 안 되는 상황까지 주지는 마. 그냥 속 시원히 모든 걸 알려주면 좋겠다.

뭐가 어떻게 된 일인지를.

"3640호라면 뭔가 다른 것이⋯⋯."

36층의 모든 방을 다 열었지만 딱 하나, 유일하게 열지 않은 방이 남았다. 그건 살아생전 테라가 이용했던 방이었다. 가짜 소녀들이 가득한 36층에서 최소한 테라는 내가 만나본 적이 있는 확실한 사람이었다.

점점 힘이 빠지는 손으로 3640호의 문을 열고 쓰러지듯 몸을 집어넣었다. 그냥 나는 생각을 유예하고 싶었다. 36층에서 본 것에 대해 아무런 의문을 품고 싶지 않았다. 약의 쓴맛을 잊기 위해 달콤한 딸기우유를 목구멍에 들이붓듯, 다른 정보들을 주입해 알고 싶지 않은 것들을 밀어내야 했다. 그럴수록 쓴 약은 나의 위장까지 더 빨리 도달하겠지만.

테라의 방은 평범한 1인실이었다. 주인을 잃은 덤벨들이 무질서하게 배치돼 있었으며 실내에서도 운동을 많이 했는지 테라의 몸에서 나던 특유의 땀 냄새가 흐릿하게 코끝을 스쳤다. 강인해지고 싶었지만 사실은 무척 나약했던 진짜 인간. 육체미에 집착하던 그의 병적인 몸짓이 떠올랐다.

그가 말했던 대로 한쪽 벽면에는 전신 거울이 있었고 매끈한 면 상단에 안내 스티커가 붙어 있었다.

사물이 거울에 보이는 것보다 **가까이** 있음.

팔랑거렸던 녹색 머리 남자를 회상하며, 마치 이 방의 원래 주인처럼 거울 앞에 섰다. 손때가 잔뜩 묻은 물체가 비추는 형상을 들여다봤다. 청백성에서 눈을 뜬 이후 처음 보는 내 모습이었다.

내가 어떻게 생겼더라.

거울은 찰나의 고민을 짓밟았다.

이 얼굴은 36층 소녀들과 똑같았다.

알고 싶지 않은데 너무나 명백한 진실은 어떻게 피할 수 있을까. 눈을 감으면 될까? 나는 눈을 감았다. 엄마 아빠의 흐릿한 얼굴들이 보였다. 손을 뻗었지만 그들은 잡히지 않고 연기처럼 사라졌다. 양팔로 몸을 감싸 안았다. 이마를 짚어보고 목덜미를 훑고 어깨를 쓰다듬었다. 스스로 내뿜고 있는 온기에 집중했다. 관리인의 손보다 차갑다는 걸 인정하고 싶지 않았으나 나의 온도는 생각만큼 따뜻하지 않았다.

진실이 육지를 향해 추락하는 거대한 사탕비처럼 막을 수 없는 속도로 내게 질주했다. 고개를 대차게 저으며 부정하려 노력했다. 그러나 땅을 향해 곤두박질치는 사탕은 자비 없는 비였다. 눈을 감아도 마음의 균열 사이를 비집고 들어오는 진실 역시 멈추지 않았다. 시온을 포함한 조원들을 향해 흩뿌려놓은 검은 얼룩 위로 사탕비의 잔해가 사정없이 튀었다. 내 마음에는 원치 않는 물이 들고, 전혀 다른 색의 얼룩이 남았다. 그 진실의 흔적들이 억지로 나의 눈꺼풀을 들어 올렸다.

테라의 방에도 캐비닛이 있었다. 손잡이를 잡고 활짝 연 순간, 찌그러진 소녀의 몸체가 뻣뻣하게 펴지며 바깥으로 굴러나왔다.

이곳의 모든 방에 내가 있었다.

"아아아아아아악!"

비명을 지르며 35층으로 내려갔다. 이제는 예의 따위를 운운할 여유가 없었다. 사정없이 문을 하나씩 열었다. 3501호, 3502호, 3503호……. 34층, 21층, 18층……. 모든 층에 셀 수 없을 만큼 많은 소녀들이 파괴된 채 있었다. 이름은 전부 '마시안'이었다. 온통 문과 방으로 뒤덮인 기괴한 청백성에는 겉으로 보이는 것보다 더욱 끔찍한 민낯이 존재했다.

소심한 주민들이 있을 거라 믿었던 공간엔 나와 똑같은 얼굴을 한 소녀들만 누워 있었다. 하나같이 사람을 미워하는 일기를 꼬박꼬박 쓰다가 안쓰럽게도 정지된 존재들이었다. 그녀들이 갖고 있는 개성이란 온몸에 새겨진 상처뿐이었다. 어떤 소녀는 다리가 없었고, 또 어떤 소녀는 배가 뚫려 있었다. 나의 얼굴을 한 불온한 가짜 육체들을 볼 때마다 토악질이 나왔다.

누가 내 얼굴을 가지고 장난을 친 거지?

나는 누구지?

만약 이 모습의 주인이 내가 아니라면?

엘리베이터를 타고 1층으로 향했다. 관리실 문 역시 열쇠로 개폐가 가능했다. 하얀 가운을 입은 사람들과 검은 옷을 입은 사람들이 뒤섞여 일을 하고 있었다. 나는 처음 보는 공간과 처음 보는 사람들을 보면서도 놀랍다는 감정조차 느끼지 못했다. 그들의 어깨를 붙잡고 닥치는 대로 물었다.

"저기요. 저는 누구예요?"

난데없이 온몸이 흔들리고 있으면서도 그들은 감정을 말

소당한 인형마냥 대꾸하지 않았다. 하지만 분명 관리인과 동일한 온기가 느껴졌다. 이들은 모두 사람이었다.

"저 66층 주민 마시안인데요, 제가 누구냐니깐요? 저기요!"

단 한 명도 응수하지 않았다. 그때 관리인이 소란을 목격하고는 관리실 깊은 곳에서 손가락을 까딱였다. 나는 울창한 사람의 숲을 지나 어둑한 조명의 공간으로 들어섰다. 그녀에게 한 걸음씩 다가가자 비로소 연구자들이 힐끔거리기 시작했다. 나의 절박함을 깡그리 무시할 땐 언제고 본인들이 원할 때만 관심을 할애했다. 앉아 있는 자들은 전부 괴물이었다.

관리인은 내가 근처에 도달한 것을 인지하고는 가장 깊숙한 곳에 숨겨놓은 문을 열었다.

"놀라도 돼요."

공간은 이동을 위한 가운데 통로를 제외하고는 양쪽이 투명한 막으로 분리된 상태여서 인공 숲길 같았다. 그 막 너머로 무수하게, 일렬로 꽉 들어찬, 전시된 인형의 육체들이 보였다. 더 이상 신기할 것도 없게, 모두 소녀들이 상실한 파손된 신체 일부였다.

수없이 많은 휴머노이드의 장기들 말이다.

"이쯤 하면 됐잖아요. 알려줘요. 저는 누구죠?"

"나는 대답할 수 없어요."

"저는 누구냐고요! 대체 왜 제 모습으로 이런 짓을 한 거예요!"

"진정해요."

관리인이 나의 어깨에 손을 올리더니 얼굴을 똑바로 마주하고 호흡했다. 나는 그녀의 속도에 맞춰 호흡을 따라 했고, 흥분을 가라앉혔다. 하지만 곧 그녀와 얼굴을 맞대고 있다는 사실에 노여움이 치밀었고, 다시 호흡이 빨라졌다. 관리인은 굴하지 않고 나를 진정시키려 여러 번 느린 호흡을 반복했다.

습, 후우. 습, 후우.

"제가 진짜 마시안이잖아요. 이것들은 다 뭐예요. 왜 저를 복제한 거죠?"

"아직도 외면하는 건가요."

습, 후우. 습, 후우.

"외면? 당신들은 대체 무슨 짓거리를 하고 있는 거예요."

"끝까지 외면할 수 있는 건 없어요. 모든 존재에겐 두려움이 존재하고, 그 두려움이 있어야만 그것을 뛰어넘는 용기를 경험하죠. 나약함과 강인함의 공존이야말로 존재의 징표예요. 괴로워도 조금만 참아요."

"대체 난 뭐죠? 알려주세요. 나는 누구죠?"

비로소 나의 호흡에 일말의 성급함도 남지 않았을 때 관리인이 어깨에서 손을 내렸다. 그녀는 처음으로 서글픈 표정을 지었다. 미소가 사라진 얼굴이 낯설었다.

나의 두 손을 감싼 사람의 손은 이해가 어려울 만큼 따뜻했다.

"자신의 세계는 직접 결정하는 거예요. 아무리 힘이 들고 괴로워도요."

차라리 울어버리고 싶었지만 눈물은 단 한 방울도 나오지 않았다.

"내 역할이 잔인해서 미안해요."

그녀 또한 나를 대신해서 울어주지 않았다. 다만 오래도록 손을 잡아줄 뿐이었다.

나는 휘청이면서 이 빌어먹을 공간을 빠져나가는 동안 한 연구자의 책상에 펼쳐진 문서를 보았다. 6614호 남자, 아니, 메트 영감이 보여줬던 것과 이어지는 문서였다. 그 문서를 훔쳐 가듯 낚아챘으나 마인드 페이퍼의 기록들은 나의 손끝이 닿자마자 단박에 휘발돼버렸다.

주인이 놓아버리면 전부 사라지는 하찮은 기록이었다. 그 말은 다른 의미로, 타인의 손끝으로는 절대로 훔치지 못한다는 걸 뜻하기도 했다.

1-3. CHP_date_0515_

아즈카와 그녀의 남편 사일로는 프로토타입의 양손을 잡고 강
수가 예측된 캔디존을 향해 한 걸음씩 나아갔다. 프로토타입
은, 자신의 탄생 이전에 수많은 언니들이 겪은 죽음을 떠올렸
다. 차마 말소되지 않은 데이터들이 머릿속에서 폭주했다. 주
체할 수 없을 만큼 다리를 떨었다. 사일로는 메탈우산을 보여
주며 안전하게 씌워줄 테니 겁먹을 필요가 없다고 거듭 안심
시켰다. 하지만 프로토타입은 기름이 새어 나올 만큼 아랫입
술을 꽉 깨물고선 비정상적인 반응을 보이기 시작했다.

프로토타입이 물었고, 아즈카가 답했다.

"절 죽이려는 거죠?"

"아니야. 연구소에 몇 없는 메탈우산까지 들고 왔잖니?"

"그건 당신들이 쓰려고 만든 거잖아요! 메트 개자식이 그랬어
요. 이번에도 멍청하게 굴면 전부 해체해버릴 거라고!"

"그렇지 않아. 저 사탕을 극복해야만 너는 우리와 함께 살 수
있어. 우리를 대신해서 사탕비를 맞지 않으면, 네가 살아야 하
는 이유가 없어져. 넌 반드시 강해져야만 해! 제발 우리의 말을
따라줘."

"강해지고 싶지 않아요."

"강해져야만 해. 그게 네가 가질 수 있는 가장 정의로운 태도
야. 그래야만 너는 지금처럼 우리에게 사랑받을 수가 있어. 네

언니들보다 더."

"거짓말."

"거짓말이 아니야. 네게 준 이름만 보아도 알 수 있지 않니?"

과거 부부가 첫 아이를 갖게 됐을 때 그들은 두 가지 이름을 고민했다. 아들이라면 '시온'을, 딸이라면 '시안'이라는 이름을 주고자 했다. 비록 같은 종족으로 탄생되지는 않았지만 아즈카는 손을 잡은 그녀를 딸로 간주했다. 스스로가 존재의 목적과 한계를 명확히 인식한다는 전제하에.

부부와 프로토타입은 캔디존의 코앞까지 당도했다. 사탕에 맞아 팔이 떨어지면 후에 연구소에서 갈아 끼워줄 수 있었다. 머리가 터져도 교체할 수 있었다. 그냥, 아무런 감정도 느끼지 않고 사탕비 속으로 척척 걸어가주면 되는 일이었다. 프로토타입이 망연자실한 얼굴로 부부의 손을 놓았다.

"내가 인간이었다면 절대 이런 일은 시키지 않았겠죠?"

사일로가 메탈우산을 펼쳐주려 했고, 아즈카는 다시 상냥히 대답하려 했다. 하지만 프로토타입은 발로 힘껏 아즈카를 걸어차 캔디존으로 밀어 넣었다. 그리곤 재빨리 사일로의 메탈우산을 훔친 다음 몸을 부딪쳐 그를 캔디존으로 떠밀었다.

부부의 몸통 위로 동그란 사탕비가 잔인하게 쏟아졌다. 둘의 육체가 푹푹 파이더니, 여러 조각으로 찢겨나갔다. 몸에서는 붉은 물이 쉴 새 없이 튀었다. 프로토타입은 메탈우산을 쓴 채로 비린내가 풍기는 광경을 가만히 지켜봤다.

마지막 투표,
시온과 나

누군가에게 사실 당신은 인간이 아니라 눈사람입니다, 라고 말하면 어떤 표정을 지을까. 그의 팔을 강제로 떼어, 녹고 있는 눈의 단면을 보여준다면 또 어떨까. 자신의 팔이 근육과 뼈, 혈액으로 이뤄져 있지 않고 온도에 따라 줄줄 녹아버리는 눈덩이라는 점에 매우 놀라겠지. 이게 뭐예요? 하며 팔과 자기를 아예 분리하여 생각할지도 모른다. 이후엔 혼란을 느낄 것이며 최후에는 믿어왔던 자아를 부정당해 삶과 죽음이 모호해지는 단계까지 갈 테고.

'몰랐겠지만 지금은 빙하기입니다'라던가, '공룡은 멸종되지 않았어요'라던가, '당신의 친구는 이미 죽었습니다' 유의 말을 들을 때도 비슷한 반응을 보일 거다.

우리는 어느 날 갑자기 복권 1등에 당첨될지도 모른다는 찬란한 기적은 늘 상상하며 살지만, 그 반대로 추악한 기적에 대해서는 좀처럼 상상하지 않는다. 알고 보니 내게 숨겨진 막대한 재산이 있다는 사실은 놀랍긴 해도, 얼마든지 받아들일 수 있다. 반대로 우리 집에 100억의 빚이 있다는 사실은 받아들이기 어렵다. 될 수 있으면 평생 모른 채 살고 싶을 정도다.

1층 관리실에서 보고 온 것들은 후자에 가까웠다. 아니다, 조금 더 과했다. 내 팔을 잘라서 당신은 눈사람입니다, 라고 말하면서 동시에 바깥이 빙하기라는 걸 보여주고 몰랐던 100억의 빚까지 떠안는 일을 한꺼번에 당한 기분이었다.

그러므로 지금 겪는 혼란은 매우 비정상적인 감정임에도 특별할 게 전혀 없는 반응이었다. 모두가 응당 나처럼 느낄 거다.

나는 시온이 경고했던 1층의 유리문 앞으로 다가갔다. 닫힌 관리실에선 그 누구도 나오지 않았고, 나를 말리는 이는 없었다. 유리문 바깥으로는 이 청백성에 온 후 한 번도 닿지 못한 바깥세상이 펼쳐져 있다. 저 멀리에 모래사장과 바다가 보였다. 그 물은 하늘보다 짙은 파란빛이었다. 땅에는 차마 다 녹지 못한 사탕비의 흔적이 얼룩덜룩하게 묻어 있었으나 밉지 않은 풍경이었다. 세상에는 색이 많았다. 하지만 청백성의 내부와 그저 검게만 칠해진 1층의 모든 시설까지, 이곳에는 어떠한 색도 없었다.

직접 이 세계에서 나가기 전까지는 갖지 못했다.

"나가고 싶어."

커다란 유리문에는 도어록이 없어서 열쇠를 이곳저곳 갖다 대도 열리지 않았다. 시온은 문을 열면 안 된다고 했었지. 그 이유는, 바깥에 어떤 위험이 존재할지 모르기 때문이었다.

"나가게 해줘."

하지만 이제 어렴풋이 알 것 같다. 우리는, 아니, 나는 이 시설에서 보호받고 있는 게 아니었다. 밖으로 나갈 수 없게 가둬졌다. 어떠한 목적을 위해서.

엘리베이터에 탑승하지 않았다. 비상계단을 이용해 한 층 한 층 두 다리로 직접 오르기로 했다. 아까까지만 해도 온몸이 떨리고 정신이 아득했는데 지금은 그렇지 않았다. 체력의 문제가 아니었나 보다.

관리실에 다녀온 이후, 냉동실에 들어갔다 온 것처럼 온몸이 서늘하게 굳었으며 그 어느 때보다 침착해졌다. 치열하게 돌아가던 선풍기 모터에 스파크가 한 번 튀고 멈춘 듯이 내 마음은 더 이상 절박하게 돌아가기를 거부했다. 외부의 자극을 이겨내지 못하고 무력하게 변질되는 것. 나는 시온이 말한 가소성이 무엇을 의미하는지 수긍해버렸다.

2층은 중앙이 뚫려 있단 사실이 무색할 정도로 빛이 들지 않았다. 201호와 202호, 그리고 240호까지 모조리 문을 열었다. 어둑하고 눅눅한 공간에 언니들이 누워 있었다. 그녀들의 얼굴을 보며 방의 불을 일일이 하나씩 켰고 나올 때도 끄지 않았다. 3층, 4층, 5층에서 같은 행위를 반복했다. 두 다리로 계단을 오르고 층계참을 도는 횟수가 거듭되자 나는 점점 하늘과 가까워졌다. 층고가 높지 않은 덕에 생각만큼 힘들지 않았다. 공간에는 더 많은 자연광이 들어왔다. 시야가 밝아졌으나 그럼에도 나는 소녀들을 볼 때마다 불을 켜두었다. 밤이 찾아와도 어두운 공간에 있지 않길 바랐다.

나는 어두운 게 싫으니까.

몇 시간이 흘렀는지 모를 만큼 거듭해서 층을 올랐다. 이대로 지쳐 쓰러져 영구적으로 죽었으면 좋겠다. 모든 의문과 후회가 제거된 채로 인생이 끝나는 일은 꽤나 평화롭겠지? 절망 아닌 절망을 하게 되자, 묵혀둔 기억 하나가 수면 위로 떠올랐다.

소년과 숲을 구경하고 온 날이었다. 하얀 방에 도착한 뒤, 나를 기다리는 엄마에게 물었다. 사람들에게 사탕비란 대체 어떤 의미냐고.

엄마는 한 손으로 내 머리를 쓰다듬고, 다른 손으론 책장에 꽂혀 있던 동화책을 펼쳤다. 스스로를 18세라 인지하고 있던 나에게는 다소 유치한 책이었지만 그날의 전경이 유독 평화로웠기에 아무런 저항을 하지 않았다.

동화는 이러했다.

먼 옛날, 유리로 된 소녀가 있었다. 신은 그녀의 세상에 절대 꺼지지 않는 불 한 덩이를 떨어트리곤, 함께 살아가라 명령했다. 유리는 이글거리는 불이 두려워 달아나려 했지만 너무나 깨지기 쉬운 존재라 한 걸음도 쉬이 내디딜 수가 없었다. 돌에 걸려 넘어진다면 아름다운 팔이 산산조각 나고, 심장이 부서질 것이며, 결국 삶이 깨지고 말 테니깐. 그렇다고 불 가까이에 다가가면 온몸이 녹을 게 뻔했다.

"왜 하필이면 저에게 이런 시련을 주신 거죠?"

"언제는 내가 이유를 알려준 적이 있더냐?"

"도대체 당신은 왜 시련이란 걸 창조하는 거죠?"

"너를 지키기 위함이다."

"지킨다니요. 저 불 때문에 제가 파괴될 거 같은데요. 저는 살아남고 싶어요. 불을 없애주세요."

유리와 불은 둘 다 사라지지 않으려 했다. 그들은 신에게 자기를 살려달라 애원했다. 유리는 바라보기에 아름다웠고, 불은 살려두면 쓸 곳이 많았다.

"영원한 우박을 내릴 테니 누가 살아남는지 보자꾸나."

신이 지팡이를 휘두르자 하늘에서 차가운 우박 세례가 내렸다. 유리는 두려웠다. 저 우박을 맞으면 박살이 날 수밖에 없었다. 반면에 불도 두려웠다. 차가운 우박을 맞으면 속절없이 꺼질 운명이었다.

유리는 깨지고 싶지 않았고, 불은 꺼지고 싶지 않았기에 둘은 결국 하나가 되기로 했다.

유리는 몸 안에 불을 가두었다. 그 덕에 불은 자유를 잃었지만 영원히 타오를 수 있었다. 반면 유리는 평생 흐물거리며 살아야 했지만 그 덕에 절대 깨지지 않았다. 신이 게으름을 피우느라 우박이 멎는 날이면, 유리는 찬 바람을 쐬고 원래의 아름다운 모습을 되찾았다. 그러다 바람이 그치면 다시 녹아내리기를 반복했다.

유리는 괴로워도 몸 안에 불을 품고 평생 살아가기로 했다. 깨지지만 않는다면 어떤 형태로든 살아갈 수가 있었다. 새로운 삶이었다.

엄마가 동화책을 덮었다.

"벌은 향이 진한 꽃을 찾고, 사탕비는 살아있는 인간만을 죽이려 하지. 핵 실험으로 세상을 오염시킨 자들을 단죄하려 하니까. 신이 준 재앙을 우리는 이상기후라고 말하지만 이토록 인간만을 위협하는 재앙은 없었어. 그건 어떤 의미에서, 인간에게 내려진 기회일지도 몰라. 사탕비로 인해서 우리는 너희를 만들었고, 새로운 공생을 앞두고 있어."

그때 나의 대답은 이러했다.

"재앙까지 이용하는 사람의 의지가 징그러워요."

엄마는, 펴보기도 전에 낙하한 꽃봉오리를 보는 얼굴을 했다. 마치 내가 그녀에게 봄 없이 곧바로 다가온 겨울이라도 된 듯이.

"징그럽지 않아. 사람이 힘들고 괴로운 일마저 받아들이려는 이유는 단지 살아가기 위해서야. 사탕비는 많은 사람을 죽였지만, 그랬기에 살아남은 자들의 생존 의지는 증명됐어. 우리에겐 그 의지를 지키려는 관성이 있단다."

나는 그 말에 대답하지 않았다. 찬성하지도, 딱히 반대하지도 않았다.

"너는 어떠니?"

역시 대답하지 않았다. 속으로만 생각했다.

유리는 과감하게 불을 꺼버리고 혼자 살아남겠다는 군센

결의가 없었다. 또한 불을 위해 희생할 자비도 없었다. 참으로 모호한 존재였다. 그러므로 나는 유리가 싫었다. 이도 저도 아닌 주제에 살아남으려고만 하는 생존 의지가 역겨웠다.

기억 속 엄마의 얼굴을 또렷이 상기했다. 두 다리로 쉬지 않고 각 층을 누비는 동안 이미지가 선명해졌다. 밝은 햇살이 정수리까지 당도했을 때 나는 확실히 깨달았다. 그 사람은 여전히 시온이 보여준 사진 속 여자였다. 결국, 그녀는 나의 피붙이가 아니었던 거다.

나는 '엄마'라는 대상을 가진 적이 없는 존재였다.

어느덧 85층까지 도달했을 때 구석에서 몸을 웅크린 메트 영감을 발견했다. 그는 내 앞에 또다시 나타나 깜짝 이벤트라도 해주려다가 지쳤는지 꾸벅꾸벅 졸고 있었다. 그의 어깨를 잡아 흔들어 깨웠다.

"아이고!"

영감이 소스라치게 놀라더니 재빨리 일어나 달아나려 했다.

"안 그래도 돼요, 이제."

그를 붙잡지 않고 술래잡기를 하려는 등에 대고 소리쳤다.

"아래층을 다 봤어요."

메트 영감이 천천히 몸을 돌리더니 내 쪽으로 한 걸음씩 다가왔다.

"어쩐지 문이 다 열려 있더라. 테라의 호실도 보았니?"

"네."

"무엇이 있었니?"

"거울이요."

"1층도 다녀왔겠구나."

"왜 그렇게까지 많은 소녀들이 필요했죠?"

"우리를 대신해서 계속 사탕비를 맞아주고, 가져다줄 녀석들이 필요했으니까. 92층에 입고된 녀석에겐 그나마 온기가 남아 있을걸? 투표 처형 때 사용한 따끈따끈한 기계들이니 말이야. 방으로 폐기된 몸체를 옮기던 나를 네가 목격한 탓에 일찍 들킬 뻔했지. 아찔했는데, 하하하."

"당신들은 끔찍해요."

"어쩔 수 없어. 아까운 알파메탈을 섞어 만들었으니 어딘가에 반드시 보관돼둬야 하거든."

그는 하늘을 한번 올려다보더니, 이번에는 반대로 아래를 내려다봤다. 모든 호실의 불을 다 켠 뒤 문을 열어두고 온 탓에 익숙한 어둠이 없었다.

"넌 전기 낭비를 좋아하는구나."

질문거리는 많았지만, 그도 관리인처럼 가장 중요한 물음에는 대답해주지 않으리란 걸 알고 있었다.

"조원들은 전부 살아있는 거죠?"

"네 자매들 덕분에."

"테라는 어떻게 됐죠? 그 사람, 분명 방사능 중독이었는데."

"맞아. 정말 위험했지. 사실 그 녀석은 역할을 수행하기 위해서 매일같이 운동했던 거야. 몸이 비실비실했다면 감당을 못하고 진짜로 죽었을지도. 1층 의무실에서 치료받고 있어. 너는 들어가지 못하는 공실 말이야. 사실은 우리들의 숙소지만."

"근데 왜 당신만 계속 제 앞에 정체를 드러내는 거예요?"

"직접 관측되는 것이 내 역할이었으니까. 당장은 내가 밉겠지만 나야말로 네가 처음부터 끝까지 믿어도 되는 존재였어. 난 어떤 거짓도 말하지 않았거든. 모두가 외면하라 말해도 끝내 드러날 수밖에 없는 것. 결국 이렇게 잔인하게 빛나고야 마는 것. 나는 너의 유일한 진실이었단다."

고개를 슬그머니 끄덕거리곤 다시 계단을 올랐다. 더 이상 메트 영감과 나눌 이야기는 없었다. 이제는 도리어 그가 나를 불러 세웠다.

"마시안, 우릴 너무 미워하지는 마. 지금 혼란을 느끼는 것마저도 우리의 은혜이니까. 그렇지 않아?"

"그 판단만큼은 내 몫이에요."

메트 영감은 입을 동그랗게 오므리곤 감탄사를 뱉더니 이내 반대 방향으로 사라졌다. 그는 층을 내려갔고, 나는 계속해서 층을 올라갔다.

바람이 이른 저녁을 데려오는 중이었다.

투표장 철문은 나의 키를 한참 초월할 정도로 거대했으나 온몸을 힘껏 기대니 열지 못할 문은 아니었다. 아무도 없는 투표장에서는 한 걸음을 내디딜 때마다 발걸음 소리가 선명하게 울렸다. 혼자인 나는 원탁이 아닌 창가 쪽으로 다가갔다. 사탕비가 내릴 때마다 관리인이 쳐다보지 말라고 했던 곳이기도 했다. 파노라마 창에는 개폐 장치가 따로 없어 열리지 않았지만 상관없었다. 손가락으로 창문을 만질 때마다 뿌연 지문이 남았다.

개와 늑대가 공존하는 시간이었다. 하늘에도 검은 잉크를 탄 듯 먼발치서 오는 어둠이 세상을 뒤덮으려 했다. 캔디 인간을 사람으로, 사람을 캔디 인간으로 둔갑시키는 밤이 오면 누군가는 좋은 꿈을, 또 누군가는 악몽을 꾼다. 내가 기억하는 꿈에는 늘 엄마라고 믿는 여자가 나왔는데, 어찌 보면 그 꿈 때문에 나는 나를 그녀의 자식으로 믿어 의심치 않았나 보다.

사실은 한 번도 엄마라고 불러본 적도 없으면서.

"난 누구지?"

입 밖으로 조용히 되뇌었다. 나의 목소리는 10대 소녀의 것이었다. 왜냐면 내가 10대 소녀이니깐. 하지만 오늘까지 본 것들은, 내가 10대 소녀가 아니라고 말했다. 나는 단지 10대 소녀인 척하는 괴상한 피조물에 불과했다.

차마 생각을 정리하지 못했다. 명백한 결론에 도달해버리면 견딜 수가 없을지도 몰랐다. 결승선을 눈앞에 두고 영원히 앞으로 나아가길 거부하는 멍청한 마라토너처럼 생각을 끊임없이 유보했다. 뒤로 갈 수 있다면 좋을 텐데. 짜증 나게도 인생에는 후진이 없다. 내가 직접 보고, 듣고, 느낀 모든 것들이 외면하고 싶은 현재가 돼 나를 덮쳤다.

사람.

하릴없이 창 너머 펼쳐진 세상의 단편을 응시했다.

시온과 처음 만났던 순간, 비록 끔찍한 첫 번째 투표를 겪었으나 난 두려워하지 않았다. 용감했고, 적극적이었고, 의지가 넘쳤다. 빌어먹을 캔디 인간을 잡아내고 싶었다. 시온을 믿었고, 투표 때마다 의심되는 사람들을 열심히 색출해나갔다. 난 멍청한 주민들과는 다르다고 생각했다. 나의 마음은 굳건했다. 그래서 잘못된 선택에 후회할지언정 나약해지지 않으려 했다.

사람이란 무엇이지.

솔라는 과거를 들킬까 봐 두려워했다. 리카는 혼자 남겨지는 걸 두려워했으며 테라는 나약함을 들켜 사랑받지 못하는 걸 두려워했다. 루나는 상황을 통제하지 못하는 것을 두려워했고.

그들의 마음에 들끓는, 한 점으로 질주하는 비틀린 욕망과 두려움, 그것이 사람에게 주어지는 훈장이었을까.

아무리 애를 써도 '사람'이란 존재에 다다를 수 없다는 걸 생각하면 심장이 뻣뻣하게 굳어가는 것만 같았다. 인류가 가진 태생적 연약함이야말로 그들의 심장을 가지각색으로 적시는 유연함이었다. 그 찬란한 약점들은 인류에게 무수한 힘을 선물했다. 두려워하고, 고뇌하고, 극복하는 생명체. 그렇기에 인간은 개별적 존재임에도 불구하고 언제나 타인과 같은 울타리 속에서 살아갔다. 결코 하나가 될 수 없음에도 불구하고 늘 서로를 곁에 두었다. 그들은 살아남기 위해 외부의 모든 압력을 이겨내고, 자가 치유하며 끝내 생존이라는 관성을 지켜나갔다.

그들보다 단단한 몸을 가졌음에도 결코 그들보다 강해질 수 없다는 한계를 실감했다. 벽 속에 갇힌 듯이 괴로웠다.

그저 살아남기 위해 미친 듯이 다음 투표 대상만 찾아다녔던 나는 청백성의 내부만큼이나 어떠한 색도 없는, 무색의 존재였다.

사람이 아닌 나는 고독할 수밖에 없다.

두 팔로 머리털을 쥐어뜯으며 괴로워했다. 어느덧 어둠은 깊어지고 가냘픈 달빛 한 줄기만 나를 비췄다. 괴롭게 내뱉은 신음이 투표장의 벽과 부딪히자 힘없이 튕겨졌다. 오직 나의 음성만이 질의와 응답이 돼 외롭게 되돌아왔다.

바닥에 웅크리고 앉아 무릎 사이로 얼굴을 파묻었다. 서서히 진실이 떠오르는 게 끔찍했다. 차라리 끝까지 아무것도 몰랐다면 괜찮았을까? 내가 36층의 문을 열어보지 않았다면……. 혼란을 주려 등장한 메트 영감을 못 봤다면……. 영원히 청백성이라는 무대를 알아채지 않았다면…….

　내가 인간이 아니라는 걸 믿을 수 없었다. 좀 더 정확히 말하자면, 스스로 나는 인간이 아니었군, 하고 납득하는 일이 치욕스러웠다. 동시에 수치스러웠고, 고통스러웠으며 사지가 뜯겨나가는 고통을 뇌와 심장으로 느꼈다. 믿었던 온 세상이 가짜였다. 왜 이런 잔인한 방법으로 깨닫게 만드는 거야? 차라리 내게 '너는 인간이 아니라 우리의 허수아비야'라고 하루에 천 번씩 떠들어대지 그랬어. 꾸역꾸역 가르쳐주지 그랬어! 왜 내가 직접 현실을 보게 만든 거야? 괴로웠다. 이 괴로움은 시간이 지나도 잊히지 않을 게 분명했다. 영구적으로 나의 마음 가장자리를 불태우는 백린탄이 될 거다.

　그들은 나의 정신에 흉터를 새겼다.

　이래서 도망치고 싶었던 거다. 끝까지 스스로를 사람이라 믿어야만 이딴 괴로움을 겪지 않는데! 이제 나는 꼼짝없이 인간들을 대신해서 사탕비 피뢰침이 돼줘야 한다. 같은 얼굴을 한 무수한 마시안 클론들과 함께 캔디존으로 들어가 비 폭격을 맞으며 사탕을 회수하거나, 혹은 사탕비 강수 예측 실험에 동원되거나. 모쪼록 무자비한 사탕 폭탄이 쏟아지는 세상에서 영원히 고통받아야 한다. 머리가 터지고 팔이 떨어지고 강철 육체가 푹푹 파이는 저주 속으로 가야만 하는 운명 말이다.

지금이라도 다시 사람인 척 연기할까? 끝까지 나는 사람이라고 우겨볼까? 겉모습은 똑같잖아, 지금이라도⋯⋯. 더 완벽하고 철저하게⋯⋯.

그럴 수 없다. 정신에 남은 흉터는 연기로 감추지 못한다.

그때 누군가 어깨를 두드렸다.

"여기서 뭐 해."

시온이었다. 나는 무릎 사이에 파묻은 얼굴을 조심히 들었다. 하지만 예전처럼 당당하게 눈을 마주할 수는 없었다.

"그러는 너는? 정제실을 지켜야지."

"그냥. 갑갑해서."

그는 나와 똑같은 자세로 내 곁에 웅크려 앉았다.

"사탕은 잘 먹고 다녀?"

내게 빨간색과 보라색을 동시에 내밀었다. 따지고 보면, 나는 진짜 인간이 아니니 사탕을 꼬박꼬박 챙겨 먹을 필요가 없었다. 영양분과 수분에 지배당하는 약해빠진 인간과 달리 나의 육신은 파괴만 되지 않는다면 영구적으로 작동하니까.

아마도 시온은 이 엿같은 역할극을 끝낼 시간이 됐다는 걸 아직 모르는 듯했다. 누구보다도 완벽한 연기를 펼친 배우의 머리통을 쳐버리고 싶었지만 그럴 수 없었다. 나는 치졸하게도, 시온에게 만큼은 모든 게 다 끝났다는 걸 들키고 싶지 않았다. 적어도 그가 '맞아, 넌 나랑 달라'라고 말하며 곁을 떠나는 건 상상도 하기 싫었으니까.

다 타버린 마음이지만, 그냥 시온이 곁에 있어주길 바랐다.

"바빴어. 이것저것 조사하느라."

"뭘 좀 알아냈어? 이제 세 명밖에 안 남았잖아."

"별로. 알아낸 건 없어."

"난 그냥 네 결정을 따를게."

시온은 나를 바라보았고, 나는 그를 흘겼다. 서로 다른 감정 사이에서 시선은 짧게 교환됐다.

"시온, 아즈카와 사일로라는 사람에 대해서 알게 됐어."

"……."

나는 마치 내가 그 두 사람과 전혀 상관이 없는 존재인 양 태연하게 운을 뗐다.

어떠한 사건을 기점으로 기억이 끊겨 있었다. 커다란 공백의 문이 있었다. 그 문을 열고 안을 들여다보면, 아즈카와 사일로의 손길을 받으며 육체를 완성하던 시간이 떠올랐다. 풍경 속엔 그들의 진짜 아들인 시온도 있었다. 선명하지는 않지만 이미지 조각들이 부표처럼 심연 위를 둥둥 떠다녔다. 문을 닫고 밖으로 나가면 인간인 척했던 지금의 순간들이 떠올랐다. 그 문턱을 담당하는 기억이 아직 떠오르지 않았다. 아마도 내가 관리실에서 차마 다 읽지 못하고 놓쳐버린 문서에 적힌 내용이었다.

자아를 속이기 시작한 계기가 회수되지 않았다.

"그 사람들은 캔디 인간과 진짜 인간의 공존을…… 정말로 믿었어?"

"응. 그래서 힘들어도 용서했어."

"뭘 용서했는데?"

"부모님의 마지막 날, 캔디 인간도 같이 있었거든."

메탈우산을 펼치며 달려오던 사일로와 손을 잡고 다급히 무언가를 외치던 아즈카가 떠올랐다. 우리의 머리 위로 사탕비가 쏟아졌다. 그때 나는, 창조된 목적대로 인간을 대신해 사탕비를 맞고 결정을 회수하려 했다. 아즈카와 사일로를 보호하고, 내가 대신 피뢰침으로서 역할을…….

아니다, 아니었다. 누군가 발길질을 해 부부를 빗속으로 밀어버렸다. 아즈카가 바닥에 뒹굴었고, 사일로도 마찬가지였다. 그들의 육체 위로 사탕비가 쏟아졌다. 여기저기 피와 살점이 튀었다. 사일로가 들고 있던 메탈우산은 잔인한 존재가 강탈했다. 누가 두 사람을 죽음으로 몰아넣었지? 대체 어떤 녀석이 그런 끔찍한 짓을.

안전한 구역에서 그 광경을 구경하던 존재는 웃고 있었다. 공백의 문이 부서졌다. 시온의 부모를 죽인 건 나였다. 나는 그 이후로 사람인 척을 하며 살았다.

머리가 새하얘졌다. 묻어뒀던 기억이 쓰나미처럼 몰려와 자아를 통째로 적셨다. 사람인 척했던 과거들은 얇은 종잇장이 되었고 파도에 젖어 찢겨버렸다. 창조해준 존재를 죽음으로 내몰고, 살기 위해 발버둥 쳤던 녀석. 그건 나였다.

사죄받지 못할 일이었다.

"왜 그래? 너 식은땀을 흘려."

"아……. 아니……. 괜찮아."

"방으로 돌아갈래?"

"아냐……."

"사탕을 잘 챙겨 먹지 않아서 몸이 약해졌나 봐."

시온이 이마에 손을 올리더니 체온을 쟀다. 열이 올라봤자 인간보다 못한 서늘한 기계를 만지고서도 그는 정말로 열감을 확인한 듯이 연기했다.

도망치고 싶었다.

"그럼 넌 그 캔디 인간이…… 끔찍하겠네? 부모님을 죽였으니깐……."

그의 남색 눈동자가 일순간에 보름달처럼 커졌다. 하얀 머리칼 위에 내려앉은 달빛이 어둠 속에서도 선명했다. 창백한 소년은 무언가를 눈치챈 듯 약간의 뜸을 들인 뒤 대답했다.

"지금은 아니야."

"왜?"

"사람만큼이나 그 녀석도 약하단 걸 알았거든. 얼마나 죽음을 두려워했는지, 악착같이 외면하고 싶어 했는지 알게 됐어."

"넌 그 녀석을 이해할 수 있는 거야?"

시온이 말없이 자리에서 일어나더니 엉덩이를 털었다. 그는 나의 두 팔을 잡아 일으켰고, 나는 엉겁결에 그를 따라 철문을 향해 걸었다. 시온은 시간이 늦었으니 여기에 더 있어선 안 된다고 말한 뒤 방으로 돌아가라고 부탁했다. 혼자 더 있겠다고 했으나 그는 93층 정제인으로서 허가하지 않겠다고 단호히 선언했다. 언제부터 정제인에게 투표장까지 관리하는 역할이 있었냐마는, 나는 오기를 부리지 않았다.

우리는 투표장 밖으로 나왔고 시온은 엘리베이터를 잡아주었다. 하지만 엘리베이터의 문이 열리기까지 나를 한 번도 돌아보지 않았다. 마지막 물음에 대답해주지 않은 소년이 야속했지만, 한편으로는 너무나 당연해서 서글펐다.

우리는 친구가 될 수 없다. 사람이 아니라서, 부모를 죽인 철천지원수라서, 그런데 역겹게 사람인 척 연기까지 해서. 내가 그에게 안아달라고 했을 때 단칼에 거절당한 일이 떠올랐다. 시온은 그때 내가 얼마나 끔찍했을까. 만약 내가 시온이었다면 상욕을 하고 달아났을지도 모른다.

좋아하는 사람에게 약점을 들키고 싶은 사람은 세상 어디에도 없을 거다. 나의 거짓들은 이제 약점을 초월해 추악한 치부가 돼버렸다. 93층 난간에서 뛰어내리고 싶을 지경이었다. 하지만 시온은 처음부터 지금까지 침착하기만 했다. 그 무미건조한 마음이 잔인하다 여겨졌다. 차라리 나를 원망했으면 좋겠다. 무릎을 꿇고 싹싹 빌 기회라도 줬으면 좋겠다.

엘리베이터 문이 열렸다. 그는 땅을 내려다보며 말했다.

"지금까지 많이 힘들었겠다."

대답 없이 천천히 올라타 66층 버튼을 눌렀다. 좁혀지는 엘리베이터 문틈 사이로 시온을 똑바로 바라보았다.

"이해와 용서는 분명 다른 말이지. 하지만 대체가 가능한 말이기도 해."

엘리베이터의 문이 완전히 닫히려 했다. 하강을 준비하는 소음이 들렸다. 꼭 하고 싶은 말이 있었다. 다급하게 문 사이에 손을 넣어 닫히려는 것을 멈췄다.

"미안해."

"고마워. 사과해줘서."

그는 처음 보는 얼굴로 미소 지었다. 홀가분해 보이는 슬픔
이었다.

마지막 투표 날이 오기 전에 루나가 다녀갔다. 내가 모든
걸 깨우쳤다는 사실을 아는지 모르는지 그녀는 최선을 다해
연기에 임했다. 꺾어간 칸나꽃을 내놓으라고 한차례 난동을
피웠는데, 여전히 날을 세우는 어투였으며 자신에게 미지수
이자 통제가 불가한 변수인 나를 증오한다고 했다. 아무것도
모르는 상태에서 마주했다면 위협적이라고 느꼈겠지만 다
끝나버린 트루먼 쇼는 더 이상 무섭지 않았다. 나는 덤덤하게
고개를 끄덕이며 그녀의 메소드 연기를 모두 받아주었다. 루
나는 멍한 눈으로 서 있는 관객을 보며 맥이 빠진 표정을 짓
거나 제풀에 지쳐 한숨을 쉬기도 했다.

이제 전부 깨달았다. 조원들은 잔뜩 어긋나버린 인간의 마
음을 보여주며 내게 꾸준히 얘기하고 있었다. '이 다채로운
모습들을 결코 포용할 수 없는 너는 인간이 아니다.' 그들이
혼신의 힘을 다해 펼친 연극에 박수를 쳐주고 싶었다.

이렇게까지 해서 나를 깨우치려는 인류라는 존재를 시샘했다. 적당한 놀이로, 어쩌면 내게는 단 하나뿐인 세상까지 멋대로 설계했으니.

서러웠다. 오래전 약속한 피크닉이 하루아침에 취소되는 일처럼, 놀이동산 입구에서 입장을 제한당하는 일처럼, 좋아하는 음식을 앞에 두고 뺏기는 일처럼, 그리고 친구라 믿었던 소중한 존재에게 배척당하는 일처럼.

사람이 잔인했다. 특히 함께 낮과 밤을 공유했으면서도 아무런 눈치도 주지 않은 시온이 그러했다.

그에게 심적으로 의지했던 사실이 비참했다.

"제한 시간은 30분, 마지막 투표를 시작합니다."

관리인은 원탁에 남은 3인에게 최후의 명령을 남겼다. 우리는 마지막 투표를 위해 터치패드를 빤히 응시했다. 자신을 제외한 후보는 오직 둘, 모두에게 양자택일의 선택지였다.

우리 사이의 간격은 어느 때보다도 널찍했다. 원탁이 매우 크게 느껴졌다. 두 팔을 힘껏 뻗어도 루나와 시온의 자리에 닿지 않았고, 그들 역시 내게 닿지 않았다.

"마시안, 넌 날 뽑을 거지? 지독하게 살고 싶어 하니까."

"……."

"아무리 시뮬레이션을 돌려도 이번 투표는 네가 시온과 짜서 날 죽인다는 결과밖에 도출되지 않아. 나는 죽는 순간까지도 널 원망할 거야."

이 공간에서 아직도 연기를 하고 있는 건 루나뿐이었다. 관리인과 시온은 측은한 눈으로 나를 보았다. 하지만 그들은 아마도 내게 바라고 있으리라. 이번 투표는 내가 진실을 받아들였다는 걸 증명할 마지막 기회였다. 연극의 막을 내릴 끈을 쥐고 있는 건 나였다.

알파메탈보다 단단한 물체에 심장이 둘러싸인 감각이었다. 조여오고, 압박해오며 괴롭혔다. 호흡이 가빠졌으나 그들이 알아줄 리는 없었다.

"이제 우리 그만해요."

가라앉은 나의 음성을 들은 관리인과 시온이 조용히 눈빛을 교환했다. 이윽고 관리인이 루나에게 귓속말로 상황을 전달했다. 루나는 그제야 의자 등받이에 몸을 편히 기대고 안도했다.

"성공이군!"

그녀는 망설임 없이 터치패드에 뜬 나의 이름에 표를 던졌다. 무용한 투표였으나 종국까지 형식을 지키는 모습이 가히 철두철미한 연구자다웠다. 과거에도 저 여자는 아즈카가 신뢰했던 엘리트였다.

시온도 투표를 마쳤다. 나는 그의 표를 엿보지 않았으나 보나 마나 한 결과였다.

호흡이 고르게 가라앉을 때까지 기다렸다가, 하는 수 없이 나의 이름에 투표했다. 이로써 마지막 투표이자 의인한 연극이 막을 내렸다. 고개를 숙이니 눈앞에 보이는 건 원탁뿐이었다.

내가 바란 건 무엇이었을까? 고작 이런 장난에 응하자고 기를 쓰고 사람을 피해 달아난 게 아니었다. 과거의 기억들이 심해 속 수초처럼 팔랑거렸고, 손에 그 줄기들을 휘감아 올렸다. 파괴되고 싶지 않아 도망치던 때의 절실함이 아직 생생했다. 사람이 사탕비를 피하려 하듯 나 역시도 그 빗속으로 가고 싶지 않았다. 나는 온전하고 싶었다. 아프지 않다는 게 두렵지 않다는 걸 의미하지는 않았다. 클론들에게 수차례 정신이 옮겨지고, 공유되고 싶지도 않았다. 나는 그런 영생을 바라지 않았다. 그건 내게 한순간도 축복이었던 적이 없었다.

나도 살고 싶었다. 이 육체와 이 마음 그대로 온전히. 영원하지 못할 존재들과 함께.

"루나, 그래도 이거 하나는 인정해줘."

"뭘?"

"네가 말한 시뮬레이션 결과는 결국 나로 인해 빗나갔다는 거."

"그렇네. 넌 정말 짜증 나는 변수가 맞구나."

관리인은 투표가 종료된 것을 확인하고 내게 다가왔다. 그녀는 대뜸 소맷자락에서 단검을 하나 꺼내더니 나의 팔 위에 그었다.

"뭐 하는 짓이에요!"

깜짝 놀라 그녀를 뿌리치고 팔을 부여잡았다. 내 팔에서는 피가 나오지 않았다. 너무나 잔인하게도, 통증조차 없었다. 그녀는 자신의 팔에도 똑같이 칼을 얕게 그었다. 새빨간 피가 후두두 쏟아졌다.

"오늘 우리는 흉터를 공유했어요. 이걸로 미안한 마음을 대신 전합니다."

루나가 서둘러 집행자들에게 부탁해 응급 키트를 가져왔다. 다급히 관리인의 팔을 지혈하고 붕대를 감았다. 괜찮냐고 거듭 물었으며 주저앉은 관리인을 끌어안고 왜 어리석은 행동을 했냐고 나무라기도 했다. 루나는 같은 종족인 인간들에겐 꽤나 다정한 연구자였다.

정작 같은 상처를 공유한 나는 혼자였다.

내가 진정으로 두려워했던 건 파괴되는 일도, 영구적으로 종료되는 일도 아니었다. 나는 그저 다르고 싶지 않았다. 수

많은 클론을 필요로 하는, 몇 번이고 옮겨지며 기생충처럼 정신을 유지하는 내가 아니어야만 했다. 사람처럼 목숨이 하나밖에 없고, 교체될 수 없고, 여기저기 부서지면 모든 게 멈추는 가련한 존재. 결국, 아름답고 사랑스러운 존재. 난 그런 존재가 되고 싶었다.

"총책임자님, 다 끝났으니 청백성 밖으로는 제가 인도할게요."

"그래요, 시온. 집행자들과 동행하도록 해요."

"아니요. 마지막인데 둘이서 대화할 수 있게 해주세요. 저 혼자 갈게요."

"위험하지 않을까요? 혹시라도 무슨 일이⋯⋯."

"이제 시안이는 그때와는 다르잖아요."

시온이 내게 손을 내밀었다. 사탕비 폭격을 맞아야 할 시간이었다. 산산조각 난 내 육신은 모두 폐기되고, 나는 불필요한 기억을 거세당한 뒤 새로운 클론으로 재탄생될 거다. 정신의 어딘가에 절대 복원될 수 없는 흉터를 가진 채로.

그 흉터로 인해 나의 여동생들은 두 번 다시 자신을 인간이라 생각하지 못할 거다. 사람들은 안심하고 몇 번이나 클론을 복제해 비로소 목적을 달성하겠지. 오늘의 나는 깔끔하게 잊힌다. 손을 잡아준 시온마저도 이따금씩 치열한 해프닝 정도로만 기억할 뿐, 나를 삶에서 도려낼 거다.

기계의 본성. 그들이 말한 가소성이란 이런 것이다. 결코 내 의지대로 변화할 수 없어.

"시안아, 내가 엘리베이터 타는 일을 좋아했던 것만큼은 진짜였어."

그가 1층 버튼을 눌렀다. 급속도로 수직 하강을 하는 동안 나는 시온의 옷자락을 붙잡고 바닥만 묵묵히 보았다. 마지막으로 탑승한 놀이기구는 여전히 장기가 뒤틀리는 감각을 만들었다.

유리문의 오른쪽 끝 하단에 투명한 버튼이 있었다. 절대로 열지 못한다는 문은 버튼을 한 번 누른 것만으로 속 시원히 열렸고, 나는 처음으로 청백성 바깥으로 한 발을 내디뎠다. 곁에 선 시온이 인위적인 표정으로 전경을 응시했다.

"내가 사탕비를 피하지 않고 온몸으로 다 맞으면 모든 게 끝나는 거지?"

"응."

"정말로 내가 부서져야만 해?"

"몇 번이고 우리가 고쳐줄게. 똑같은 모습으로."

"그렇게 사는 게 정말로 사는 걸까?"

아즈카는 나와 인류가 공존할 수 있을 거라 믿었다. 그 허술한 믿음 때문에 내게 배신을 당하고 무참히 죽어버렸다. 그녀의 아들은 보란 듯이 나를 속였고, 부모의 믿음이 결국 승리했음을 나의 파멸로 증명하려는 중이었다.

네가 나를 이해했단 말을 역시 납득할 수가 없네. 이렇게 죽이는 걸로 보아 넌 여전히 나를 미워하고 있어. 그렇다면 나도 네가 밉다. 나를 대했던 네 마음과 똑같이 나도 인간인 네가 원망스럽고, 증오스럽고, 꼴 보기 싫고, 역겨워.

아니다.

타인에겐 거짓말을 할 수 있어도 스스로에겐 거짓말을 하지 못한다. 사실 난, 여전히 시온을 증오할 수 없다. 아즈카처럼, 어쩌면 우리가 진실로 함께할 수 있을 거라 믿었던 건 나역시 마찬가지였다.

사람이 밉다. 미워하는 이유는, 너무나 좋아했기 때문이다. 이게 너를 향한 복잡한 내 마음의 단면이었다.

"시온, 내가 죽고 나서 또 다른 클론으로 태어나면 넌 나를 잊을 거지? 나는 우리가 친구가 될 수 있을 거라 생각했어. 감히 기계 덩어리 주제에 이런 말을 하는 게 끔찍할 수도 있겠지만 내 마음이…… 그냥 그랬어."

그가 본 나의 얼굴은 어땠을까. 거짓투성이였을까. 하지만 어떤 자아로 지내왔든 간에 시온을 바라볼 때만큼은 아무것도 숨기려 하지 않았다. 나는 지금도 솔직하게 순간에 임하고 있고 그는 나의 진심을 모두 눈에 담았다.

"시안, 넌 다른 기계들이랑은 달랐어. 내게 그 어떤 프로토타입보다 복잡한 존재였으니까."

"잘 와닿지가 않네."

"잊지 않겠다는 뜻이야."

마치 근사한 마침표를 찍는 듯한 대사였다. 나는 그가 정말로 나를 잊지 않으리라 확신할 수 없었다.

"죽음 뒤에 수없이 많은 시간이 펼쳐져도?"

"죽는 게 아니야. 다른 클론들로 시스템을 옮겨서……."

"삶은 복제되지 않아. 알잖아."

나는 그의 마음에 돌을 던졌다.

진심인지, 거짓인지 분간이 어려웠던 시온의 얼굴에서 허무함이 보였다. 마음에 피어난 작은 파동을 숨기려 했으나 내게 들키고 말았다. 예상에 없었던 기계 인간의 진심에 시온은 잠시 멈칫거렸다. 무언가를 갈등하고 있었다. 여러 감정이 중첩된 얼굴, 그와 대화를 하며 자주 보았던 모습이었다. 우리에게 공통점이 하나 있다면 그건, 스스로의 진심이 무엇인지 깨닫는 일을 수차례 유보해왔다는 것이다.

"그래도 덕분에 난 인간이 어떤 존재인지 알게 됐어. 캔디 인간에겐 기계의 본성이 있지만 진짜 인간에게는 관성이 있다고 했지? 그렇다면 주민들이 보여준 온갖 나약함과 생존 의지, 결국 모든 두려움과 맞서 싸우며 삶을 지키려 했던 모습이야말로 인간의 관성. 그 처절한 아름다움을 내게 알려주는 실험이었잖아.”

“아냐. 나와 메트를 제외한 주민들은 단지 네 과거의 특징을 고안해서 역할을 설계했을 뿐이야.”

“내 과거? 그 모습들이 결국 내 모습이었다는 거야?”

“맞아. 전부 네 모습의 일부였어. 네가 보여준 불안정한 모습들에서 역할을 추출해낸 거야. **모두가 결국 너였어.**”

“뭐야, 그럼…….”

순간 흉부 깊은 곳에 설치된 단단한 철 덩어리가 녹아내리는 듯한 온열감을 느꼈다. 나를 혼란에 빠트리고, 끝내 좌절시킨 그 수많은 유약한 감정들이 내 것이었다니. 연구자들의 눈을 피해 인간인 척 살아갔던 나에게 시스템으로 입력되지 않은 연약함이 있었다니. 이것은 내가 찾아 헤매던 ‘인간다운’ 모습이었다. 결코 내가 넘보지 못하리라 여긴, 나를 두렵게 한 존재의 벽이었다.

나는 떨리는 눈으로 시온을 바라보았다. 눈앞의 소년은, 이 청백성에서 영원히 살아도 이해하지 못할 것만 같은 복잡한 생명체였다. 하나가 되고 싶었지만 결코 하나가 될 수 없는 존재. 그런데 그가 가진 실타래 같은 마음들이 내게도 존재한다니. 건조해진 안구가 기계의 심박을 따라 젖어 들었다. 시온 역시 이런 나를 보고 무언가를 느끼고 있을까.

그 많은 나약함을 내 것으로 떠안는 일. 끝내 이해하지 못할 것들까지 포용하고 마는 것. 그것이야말로 내가 그토록 갈망하던 축복이었다.

시온은 점점 따뜻해지는 나의 두 손을 피부로 느꼈다. 그는 거대한 어떤 것에 압도되는 듯이 혼란스러운 얼굴을 보였다. 나는 그의 어깨에 손을 올리고 홀가분하게 말했다.

"나도 너처럼 아름다운 존재였네."

그는 더 답을 하지 않고 나를 빤히 바라봤다. 나는 한 점의 작위 없이 환하게 웃어주었다. 지금 무슨 생각을 하느냐고 묻고 채근하고 싶었지만 이 대비가 우리의 작별이라면 그저 받아들이기로 했다.

시온이 돌아서더니 급히 어디론가 향했다. 1층에 존재하는 공실 중 하나를 열고서는 커다란 물체를 들고 달려왔다.

사탕비가 청백성 안으로 쏟아지던 날 보았던 메탈우산이었다.

"이걸로 비를 피해서 도망가. 저 바다 너머에 세계가 있어."

그는 한 손에 우산을, 다른 손에는 작은 천 주머니를 쥐여 주더니 안절부절못하며 뒤를 여러 차례 돌아봤다. 이 다급함 만큼은 가짜가 아니었다. 섣불리 우산을 받을 수가 없었다. 그는 지금 나에게 무려 **도망**을 제안하고 있다.

메탈우산을 쓰면 나는 사탕비에 파괴되지 않는다. 그 말은, 내가 자아에 굴복했단 걸 증명하지 못한다는 뜻이기도 했다.

연구자들의 계획에 모든 걸 깨달아버린 프로토타입을 놓아주는 결말은 없을 거다. 시온은 지금 만들어선 안 되는 엔딩을 제안하고 있다. 남색 눈동자가 극심히 흔들렸으나 점차 안정을 찾아갔다.

"내가 달아나면 모든 게 물거품이잖아?"

"이대로 달아나서 두 번 다시는 정체를 들키지 마. 영원히 사람인 척 살아가."

"이제 와서 왜 그래?"

1층에 머물던 엘리베이터의 계기판 숫자가 바뀌기 시작했다. 한 층씩 상승하고 있었다. 누군가가 93층에서 1층으로 내려오려는 듯했다. 시온은 메탈우산을 쥔 내 손을 단단히 부여잡으며 말했다.

"결과는 달라졌지만 이제야 부모님의 뜻이 증명된 것 같아."

엘리베이터가 어느새 80층을 돌파했다. 이 결말을 망쳐버릴 사람들이 엘리베이터에 오른 뒤 1층으로 내려오면 나의 의지로 끝을 선택할 수 없어진다.

"하지만 난 이제 내가 사람이 아니란 걸 알아버렸어. 지금 도망가는 건 무의미한 일이야. 난 더 이상 사람으로 살아가지 못할 거야."

"아니야."

"어째서?"

"네 삶의 의미는 직접 정해. 네 방식대로."

시온이 다급하게 등을 떠밀었다. 나는 그가 준 메탈우산을 쥐고 머뭇거리며 한 발짝씩 청백성에서 멀어졌다.

이대로 가도 되는 걸까? 이미 내 정신엔 흉터가 남았는데 인간인 척을 하며 다시 살아갈 수 있을까? 이 세계에 나를 받아줄 곳이 존재할까? 알 수 없었다. 사탕비가 내리려는지 하늘에 드리운 먹구름이 점점 진해졌다. 93층에 도착해 잠시 머물던 엘리베이터가 순식간에 하강했다. 계기판의 숫자가 '1'을 향해 마구 바뀌었다.

이 청백성에서 시온이 내게 해준 첫 조언은 모든 것을 직접 보고, 직접 판단하라는 것이었다. 누가 진짜이고 가짜인지를 말이다. 그렇다면 시온의 말대로 내 인생의 의미도 직접 판단하는 것일까. 감히 내가 그래도 될까.

　두려움 때문에 스스로를 인간으로 위장하는 것밖에 못 했던 나는 가소성에 지배받는 기계였다. 자아의 변형을 이겨내지 못했다. 하지만 나는 지금에서야 깨달았다. 내가 품은 두려움을 인정하고 직시하는 순간, 그 두려움은 전혀 다른 감정으로 변화한다는 것.

　나는 기계로 태어났다. 그러나 나의 마음은 무력하지 않았다. 나는 그저 원하는 대로 변화하고 또 지키는 존재일 뿐. 이것의 나의 가소성이자 인간들의 언어로는 용기였다.

　두려워했기에 드디어 용기를 얻게 됐다.

　시온이 한쪽 손을 높이 들어 흔들었다. 그는 이윽고 무언가를 외쳤는데, 뒤이어 달려오며 소리친 루나의 찢어질 것 같은 고성에 묻혀 들리지 않았다.

　나는 두 다리에 힘을 주고 앞을 향해 달려갔다. 집행자들이 쫓아오려 했지만 머지않아 하늘에서 사탕비가 쏟아졌다. 시온이 준 메탈우산을 펼쳐 이를 악물고 비를 피해 달려갔다. 사탕비는 끊임없이 쏟아졌다. 근래에 들어 가장 거센 호우였다. 간간이 파쇄된 결정이 튀어 몸에 박혔지만 멈추지 않았다.

　문득 뒤를 돌아봤을 때, 시온의 말처럼, 청백성은 내가 좋아했던 하늘처럼 푸르른 색으로 우뚝 서 있었다. 외관에 사탕의 잔해들이 잔뜩 묻어 있어도 아름다웠다. 이 성의 외벽이 푸른색이라는 말은, 직접 두 눈으로 보게 된 후에야 내 세상을 이루는 사소한 진실로 자리 잡았다. 땅으로 곤두박질치는 폭죽들이 나와 성의 사이를 계속해서 갈라놨다. 나는 이제 아즈카와 사일로에게 평생의 죄책감을 가진 채로 살아가게 될 것이다. 비록 나를 괴롭게 했던 이들이지만 나는 그들을 향한 속죄를 영원히 잊지 않으리라. 그 마음까지 모두 품어야 비로소 내가 되니까.

모든 게 점처럼 멀어지고, 비가 그쳤다. 시온에게서 받은 천 주머니 안에는 내가 좋아했던 빨간 칸나의 꽃봉오리가 담겨 있었다.

먼발치서 뻐꾸기 한 마리가 불안한 하늘을 유영했다. 나는 계속해서 앞으로 걸어가되 메탈우산을 접었다. 어차피 이 우산은, 이미 수명을 다했다.

웃어보았다. 아무것도 잃지도, 얻지도 않은 것처럼.

프로토타입은 5월 15일 사고를 일으킨 뒤, 약 1년 동안 연구자들의 눈을 피해 숨어 다녔었다. 도시에 당도한 이후에는 상점에 잠입해 식료품을 도둑질하여 허기를 채웠고, 신분증까지 훔쳐 인간 행세를 했다. 두꺼운 외투와 모자로 모습을 감추는 일도 게을리하지 않았다. 하지만 다른 프로토타입들보다 유독 지능이 높았던 그녀는, 희한하게도 더욱 빨리 고독과 마주했다. 철저히 자아를 감추듯 감정까지 통제하려 했지만 그것만큼은 쉽지 않았다.

그녀에겐 너무나 많은 두려움이 있었다.

그랬기에 그녀는 3639개의 언니들보다 자주 울었다.

안타깝게도 그녀와 술래잡기를 해줄 사람은 없었다. 다가가는 이들에게 자신은 정의롭고 좋은 사람이라 정체를 숨겼으나 통하지 않았다. 의심하는 시민들을 참지 못하고 공격까지 하며 서서히 고립돼갔다. 끝내 혼자가 된 시간 동안 한 일이라곤 하릴없이 비를 피해 다니거나 과거 연구원 솔라가 취미 삼아 가르쳐준 대로 일기를 쓰는 게 전부였다.

'내 세계는 타인이 없으면 완성되지 않아.'

일기장의 마지막 문장이었다.

결국 서쪽의 작은 해변가 인근에서 그녀는 생포됐다. 처량한 모습은 사탕비를 보자마자 달아났던 다른 프로토타입들과 다르지 않았다. 매를 맞아도 주인을 따르기 위해 돌아오는 짐승처럼, 피조물은 자신을 탄생시킨 연구자들에게서 벗어나지 못했다.

연구자들의 시간은 부부가 죽은 뒤로 멈췄다. 연구를 하지도, 대화를 하지도 않았다. 어떠한 생산적 활동 없이 각자 슬픔 속에 방치됐다. 총책임자는 부부가 그토록 헌신했던 프로토타입을 증오했으나, 결국 그 프로토타입이 부부의 마지막 유품이기에 해체하지 못했다. 아즈카의 직속 후임이었던 루나는 한동안 집 밖에 나오지도 못할 정도로 슬피 울었다. 그러는 동안에도 사탕비는 연이어 내렸다.

사탕 채굴은 위험했다. 끊임없이 희생자들이 속출했다. 알파메탈의 고갈로 인해 뉴타입 클론을 설계하는 일도 쉽지 않았다. 도시 곳곳에 인공 칸나 피뢰침을 심어놓은 빌딩들이 건설됐으나 그럼에도 인류의 이동 반경은 거듭 줄어들었다.

정부연합은 연구자들에게 최후통첩을 내렸고, 연구자들은 결정해야 했다. 캔디 인간의 시스템을 안정화하는 데 번번이

실패한 프로젝트를 전면 포기하고 빨리 새로운 프로젝트에 착수할지, 아니면 모두 연구 가운을 벗을지.

죽은 아즈카와 사일로는 캔디 인간 연구에 인생을 쏟아부었다. 연구자들은 그들의 노고를 알고 있었으며, 정말로 한 발자국만 남은 상황이었다. 아깝게 모든 걸 물거품으로 만들 용기는 누구에게도 없었다.

"다른 방식으로 접근해봅시다."

최고령 연구자인 메트가 신규 프로젝트 기획안을 내밀었다.

"더 이상 인간이 아니란 사실을 주입하는 건 소용이 없습니다. 본인이 어떤 존재인지 스스로 깨닫게 해야 해요."

메트는 프로토타입들에게 가장 냉철하게 굴었던 연구자로, 모든 프로토타입이 꺼려하던 존재기도 했다. 그는 명성에 걸맞게 이번에도 인간 중심적인 아이디어를 다듬어 왔다. 리카와 페타를 비롯하여 연구진들이 난색을 표했으나, 문서상 기획은 매우 정교했다. 페타가 먼저 질의를 던졌다.

"이런 실험이 과연 유효할까요? 그냥 인간이라고 착각할 때마다 클론들을 계속 보여주면 안 됩니까? 똑같이 생긴 클론들을 보면 어련히 본인이 인간이 아니란 걸 알지 않을까요."

"아니요. 훨씬 더 무력하게 만들어야 합니다."

"무력하게요?"

"아무리 시스템을 강제로 수정해도, 데이터값으로 남겨놔도, 결국 지성을 가진 프로토타입이 죽음을 두려워해 사람으로 자아를 위장하는 일을 못 막지 않았습니까? 절절히 느끼게 만들어야 합니다. 시스템에 각인을 새겨야 해요. '내가 클론이구나' 정도가 아니라, '나는 결코 인간이 될 수 없다' 정도로 날카롭게요!"

"하드코어 버전의 정체성 독학 코스군요."

"그렇습니다. 남이 가르쳐준 건 쉽게 잊어도, 직접 깨달은 진실은 잊지 못합니다. 무게가 다르지요."

"우리의 마지막 발악이 되겠군요."

연구자들은 투표를 진행했다. 총책임자와 솔라, 페타, 리카, 메트는 찬성했으나 루나는 반대표를 던졌다. 그녀는 당장이라도 보관실로 달려가 프로토타입의 머리통을 밟아버리고 싶다며 울부짖었다.

"기계로 만든 악마 같은 년! 구역질이 난다고요."

총책임자가 겨우 루나를 감싸 안으며 진정시켰다. 누구보다 그 슬픔을 통감하지만, 지금 할 수 있는 일을 계속해야 한다는 숙명이 있었다. 그건 죽은 부부의 의지를 헛되지 않게 하려는 마음이기도 했다.

부부의 아들이자 최연소 연구자인 시온은 차마 투표를 하지 못했다. 일찍부터 철이 든 그는 흔들리는 두 다리를 겨우 딛고 간신히 살아가는 중이었다.

페타가 소년의 머리칼을 쓰다듬으며 위로했다.

"원한다면 얼마든지 이 실험에 반대해도 좋아."

시온은 부모가 마지막까지 헌신한 일을 외면하고 싶었다. 루나와 마찬가지로 그도 당장 끔찍한 기계 덩어리를 밟아 부숴버리고 싶었다. 하지만 그 덩어리 하나를 완성하기 위해 부모가 흘렸던 땀방울까지 부정할 수는 없었다. 마음이 지옥에 빠져 있었다. 단지 엄마가 자주 했던 말을 떠올릴 뿐이었다.

사람과 휴머노이드의 공존을 믿는다는 그 말을.

해낼 수 있을 거란 하얀 믿음을.

시온은 끝내 투표엔 기권했지만 연구자들과 함께 마지막 실험에 참가하기로 했다. 그들은 프로토타입의 심리를 혼란케 하고, 결과적으로 자아를 깨닫게 할 역할들을 설계했다. 프로토타입이 스스로 자신의 뿌리를 마주 보게 할 계획이었다. 아름답고 행복하게 끝나는 영화보다, 슬프고 처절하게 끝나는 영화가 심장에 더 깊이 박힌다. 프로토타입에게 보여줄 영화 역시 희극보단 비극에 가까웠다. 영원히 잊지 못할 상처를 줄 계획이었다.

6615호실에 문제를 일으킨 마지막 프로토타입을 눕힌 것으로 세팅은 모두 끝났다. 메트가 실험이 시작됨을 알리려던 찰나, 시온이 잠시 그를 막았다.

"분풀이는 하게 해주세요."

침묵을 깨고 시온은 눈을 감은 프로토타입의 뺨을 세차게 내려쳤다. 부모를 죽인 원수를 향한 원한치고는 작은 한 방이었다. 그는 울 것 같은 얼굴을 하고서는 반대쪽 뺨도 더욱 세게 내려쳤다. 프로토타입의 뺨가죽에 작은 상처가 생겼다.

시온은 앞으로의 실험에서 프로토타입이 차라리 깡통처럼 굴어주길 바랐다. 그런 모습이 보인다면, 당장이라도 직접 연구를 중단하고 부숴버리겠다고 다짐했다. 그녀가 부모의 믿음을 보란 듯이 또 배신하고, 여전히 기계처럼 굴어주길 바랐다. 악하기만 한 존재라면 마음 놓고 저주해도 괜찮을 테니.

다만 그녀가 부모의 믿음처럼 정말로 인간과 공생이 가능한 존재가 돼버린다면, 그때 자신의 마음이 어찌 될지는 예상할 수 없었다.

메트가 연구자들에게 실험 시작을 선언했다.

"자, 이제 정신에 흉터를 남겨봅시다! 영구적으로 잊지 못하도록."

솔라가 마지막으로 물었다.

"설마 흉터마저도 극복하는 건 아니겠죠?"

메트는 웃으며 대답했다.

"사람도 아니고, 기계가 어떻게 그럴 수 있겠습니까."

그렇게 실험은 시작됐었다.

작가의 말

올해, 운이 좋아 SF 작품 세 편을 집필하게 됐습니다. 메인 키워드는 인간, 우주, 초지능인데요, 『사탕비』의 키워드는 '인간'이었습니다.

여러분은 인간과 비인간을 구분하는 가장 큰 경계가 어디에 있다고 생각하시나요? 저는 『사탕비』를 쓰면서 이 질문을 여러 번 곱씹고, 되새김질했습니다. 사실 비인간을 창조해본 적이 없기에 정답은 저도 모릅니다. 어쩌면 정확한 답은 존재하지 않을지도 모릅니다. 하지만 하나는 알겠습니다. 인간과 비인간을 구분할 때, '무엇이 비인간스러운가?'라는 질문은 무의미합니다. 비인간이 어떤 존재인지 인간인 우리가 명확하게 알기 어렵기 때문입니다. '무엇이 인간스러운가?'라는 질문이 더욱 적합하지 않을까요?

『사탕비』는 위 질문에 대한 답을 찾고자, 제가 가장 실험적인 마음으로 쓴 이야기입니다. 출판사의 감사한 배려 덕분에,

형식과 장르에서 자유로움을 만끽하며 창작했습니다. 그 덕에 조금은 특이한 작품이 나온 것 같습니다만, 부디 독자분에게 닿았길 바랍니다. 다른 이의 마음에 내릴 사탕비는 어떤 모습일지 궁금하니까요.

　달콤하지만 먹을수록 건강을 해치는 사탕처럼, 『사탕비』는 아름답지만 잔혹한 세계를 이뤘습니다. 이 작품을 창작하며 인간이 가진 여러 가지의 모순을 상상해보았습니다. 그중 주인공이 경험해야 했던 모순은, 용기와 두려움입니다. 둘은 전혀 다른 말 같으나, 사실은 세트입니다. 두려움이 있어야만 용기라는 꽃이 개화할 명분이 존재합니다. 그리고 이 지점이 가장 '사람다운' 면모라고 생각했습니다. 두려움과 용기, 나약함과 강인함. 그 혼재야말로 사람의 징표 아닐까요?

　누가 사람이고, 누가 아닌지는 크게 중요하지 않았습니다. 다만, 과연 무엇이 그 둘을 갈라놓았는지 의문을 던지는 작품이 됐길 바랍니다.

　집필의 기회를 주시는 독자분들께 늘 고맙습니다. 그리고 '쓰는 나'를 존재하게 한 '조금 적어도 좋아' 팀과 나의 친구들, 과거의 힘들고 괴로웠던 나에게 감사합니다.

2023년 청예 씀